VIOL

Née en 1938 à l'ouest du lac Érié, Joyce Carol Oates est l'auteur d'une œuvre considérable (romans, essais, pièces de théâtre, nouvelles, poésie) qui l'a placée au premier rang des écrivains contemporains. Elle a reçu le prix Femina étranger 2005 pour *Les Chutes*.

Joyce Carol Oates

VIOL

Traduit de l'anglais (États-Unis)
par Claude Seban

Éditions Philippe Rey

TEXTE INTÉGRAL

TITRE ORIGINAL
Rape
A love story
An Otto Penzler book
Carroll & Graf Publishers, New York, 2003

ISBN 978-2-7578-0209-0
(ISBN 2-84876-054-0, 1re publication)

Première partie

Elle l'a cherché

Après qu'elle eut été violée, frappée, battue et laissée pour morte sur le sol crasseux du hangar à bateaux du parc de Rocky Point. Après qu'elle eut été traînée dans le hangar par ces cinq types ivres – à moins qu'ils aient été six ou sept – et sa fille de douze ans avec elle qui hurlait *Lâchez-nous! Ne nous faites pas de mal! Ne nous faites pas de mal s'il vous plaît!* Après qu'elle avait été poursuivie par ces types comme par une meute de chiens lancés sur leur proie, se tordant la cheville, perdant ses deux souliers à talons sur le sentier au bord de l'étang. Après qu'elle les avait suppliés de ne pas toucher à sa fille et qu'ils s'étaient moqués d'elle. Après qu'elle avait décidé, Dieu sait ce qui lui avait pris, de couper par le parc au lieu d'en faire le tour pour rentrer chez elle. Dans l'une des maisons, toutes identiques de la 9e Rue, où elle habitait avec sa fille, à deux pas de la maison de brique occupée par sa mère dans Baltic Avenue. La 9e Rue était éclairée et fréquentée même à cette heure tardive. Le parc de Rocky Point presque totalement désert à cette heure tardive. Traverser le parc en longeant l'étang, sur un sentier envahi de broussailles. Une économie d'une dizaine de minutes. Se disant que ce serait agréable de passer par le parc, le clair de lune sur l'étang, même si l'eau était mousseuse et souillée de boîtes de bière, de papiers d'emballage, de mégots. Prenant cette décision, une fraction de seconde dans une vie et cette vie est changée à jamais. Le long de l'étang, de la vieille station hydraulique barricadée et couverte de graffiti depuis des années, du hangar à bateaux qui a été forcé, vandalisé par des gosses. Après qu'elle avait reconnu leurs visages et leur avait peut-être même souri, c'est le 4 Juillet, feu d'artifice à Niagara Falls, pétards, concert de klaxons et sifflets, le match de base-ball interscolaire, une atmosphère de fête. Oui, elle leur avait peut-être souri, et donc elle l'avait bien cherché. C'était peut-être un sourire nerveux, le genre de sourire qu'on adresse à un chien qui gronde, n'empêche qu'elle avait souri, le sourire maquillé de Tina Maguire, et avec cette chevelure. Ça lui pendait au nez, elle le cherchait. Des types qui traînaient dans le parc depuis des heures en quête d'un mauvais coup. En quête de distraction. Buvant de la bière et balançant les boîtes dans l'étang et tous les pétards qu'ils avaient, ils les avaient fait exploser. Ils en avaient jeté sur les voitures, sur les chiens, sur les cygnes et les oies et les colverts de l'étang qui dormaient la tête blottie sous leur aile. Bon Dieu ! c'est comique de voir ces oiseaux se réveiller vite fait, brailler comme si on les tuait et battre des ailes comme des fous pour s'envoler, même les gros. Il y avait eu des prolongations à la fin du match de base-ball interscolaire de Niagara Falls, mais maintenant le terrain violemment éclairé était dans l'obscurité, les gradins déserts, la plupart des spectateurs partis. À part ces bandes de types qui traînaient. Des gosses pour les plus jeunes, moins de trente ans pour les plus vieux. Des types du quartier que Tina Maguire connaissait, peut-être pas leurs prénoms mais leurs noms de famille, comme eux-mêmes la connaissaient, ou l'avaient au moins vue dans le quartier bien qu'elle fût plus âgée qu'eux, lui criant *Hé ! Hé là ! Mmmm, beauté ! Hé ! Sexy, où tu vas ?* Après qu'elle leur avait souri sans ralentir le pas. Après qu'elle avait pris le bras de sa fille comme si c'était une toute petite fille et pas une enfant de douze ans. *Montre-nous comment remuent tes nichons, Sexy ! Héhéhé où tu vas ?* Après qu'elle s'était fait coincer. Après qu'elle les avait aguichés. Provoqués. Aucun bon sens. Elle avait sûrement bu. La façon dont elle était habillée. La façon dont Tina Maguire s'habillait souvent. Surtout les soirs d'été. Ces bringues qu'elle faisait dans Depew Street. Des gens jusque dans la rue. De la musique rock à pleins tubes. Avec une conduite pareille, ça lui pendait au nez. Où est son mari ? Elle n'a donc pas de mari ? Qu'est-ce qu'elle fiche seule à minuit dans le parc de Rocky Point avec sa fille de douze ans ? À mettre en danger la sécurité d'une mineure ? À mettre en danger la moralité d'une mineure ? Vous savez quoi : Tina Maguire était probablement en train de boire des bières avec ces types. De fumer de la drogue avec ces types. Elle a peut-être laissé entendre qu'elle aimerait être payée pour quelque chose ? En liquide ou en drogue. Une femme comme ça, trente-cinq ans et habillée comme une adolescente. Débardeur, jean coupé, crinière de cheveux blonds décolorés, frisottés. Jambes nues, sandales à talons hauts ? Des vêtements sexy qui lui moulent les seins, les fesses, elle s'attendait à quoi ? Minuit un 4 Juillet, le feu d'artifice à Niagara Falls s'est terminé à 11 heures. Mais on fait encore la fête dans toute la ville. Combien de bière habitants et visiteurs ont-ils consommée ce soir à Niagara Falls ? Des tonneaux, vous pouvez en être sûrs. Autant que le volume d'eau qui tombe des Horseshoe Falls en une minute ! Et Tina Maguire est là, ivre à tituber, diraient des témoins. Un de ses amants, un type du nom de Casey, une bringue à la bière chez lui dans Depew Street, des gens jusque dans le jardin de derrière, jusque dans la rue, et les voisins se plaignent, une musique bluegrass bizarre barbare Ricky Skaggs et Kentucky Thunder pendant des heures. Ce Casey, il est soudeur chez Niagara Pipe. Il est marié et a quatre gosses. Séparé de sa femme, sûrement à cause de Tina Maguire. Cette femme ! Quel genre de mère traînerait sa fille dans une beuverie et ensuite à pied dans le parc de Rocky Point à une heure pareille, comment peut-on manquer de jugement à ce point, elle a de la chance que ça n'ait pas été pire ce qui lui est arrivé, ce qui est arrivé à sa fille, ç'aurait pu être bien pire si ç'avaient été des Noirs, si des Noirs défoncés à la coke avaient envahi le parc, ç'aurait été une autre histoire, elle était forcément ivre, camée à la coke elle aussi, elle faisait la bringue depuis le début de la soirée alors vous imaginez dans quel état elle devait être à minuit, comment aurait-elle pu reconnaître qui couchait avec elle ? Et combien ils étaient ?

Certaines des choses que l'on dirait de ta mère Tina Maguire après qu'elle avait été violée, frappée, battue et laissée pour morte sur le sol crasseux du hangar à bateaux du parc de Rocky Point dans les toutes premières minutes du 5 juillet 1996.

Le bleu, 1994

Il n'était pas si jeune que ça. Il ne faisait pas jeune, il ne se conduisait pas comme un jeune et la plupart du temps il ne se sentait pas jeune. Il était tout de même un bleu. Une bleusaille, presque trente ans et sortant tout juste de l'école de police.

Bizarre un type comme lui en uniforme ! Ce n'était pas dans son tempérament de porter un uniforme, de suivre des ordres, de saluer. Ce n'était pas dans son tempérament d'écouter attentivement d'autres gens, qualifiés de supérieurs. (*Ses* supérieurs ? Mon cul.) Depuis l'école primaire, l'autorité et lui étaient fâchés. Mal à l'aise sous l'œil de n'importe qui, il cherchait sa voie à lui, renfrogné et sournois comme un chimpanzé qui cache quelque chose derrière son dos.

Ce qu'il aimait, malgré tout, c'était l'idée de justice. Remettre-les-choses-dans-l'ordre. Des abstractions telles que loi, bonne conduite, courage dans l'action, œil-pour-œil, dent-pour-dent.

Le drapeau américain lui faisait beaucoup d'effet quelquefois. Pas quand ce satané machin pendouillait mais quand il y avait du vent, pas un vent trop fort mais un vent honnête, qui faisait onduler et chatoyer au soleil l'étoffe rouge-blanc-bleu.

En saluant ce drapeau, il sentait les larmes lui monter aux yeux.

Et il aimait aussi les armes à feu.

Maintenant qu'il était flic et portait un revolver sur la hanche, dans un étui, il aimait son poids, tel un appendice supplémentaire. Et que les yeux des inconnus se posent dessus. Avec respect.

Le revolver réglementaire qu'on lui avait donné, avec son badge et son uniforme, lui plaisait, et de son côté il achèterait d'autres armes à feu, en collectionneur. Rien de sophistiqué, il n'avait pas l'argent qu'il fallait pour ça. En flic astucieux qui sait garder l'œil ouvert, il savait que l'argent, différentes sources d'argent, étaient accessibles, sinon tout de suite, du moins un jour. Il s'intéresserait à ces sources. En attendant, ses achats étaient modestes. Il aimait les armes de poing, et il aimait les carabines. Il n'avait pas (encore) une grande expérience des fusils de chasse et ne pouvait donc se prononcer sur leur compte. (Personne dans sa famille n'avait été chasseur. C'étaient des citadins : ouvriers, dockers, routiers. Dublin dans les années 30, Buffalo/ Lackawanna dans les années 40. Il ne les voyait pour ainsi dire plus, et bon débarras.)

Les armes l'excitaient. C'était une sensation agréable. Le pouls qui s'accélérait au point qu'on le sentait. Parfois un frémissement dans le bas-ventre. Ce que cela voulait dire, il n'était guère curieux de le savoir. Il n'était pas du genre à examiner ses pensées ni ses motifs. Se regardant sourcils froncés dans une glace, il voyait ce qui devait être fait, et fait adroitement : se brosser les dents, se raser, mouiller et coiffer ses cheveux, s'entraîner à sourire pour donner l'idée d'un sourire mais sans découvrir sa canine gauche toute tordue. Il n'était pas très vaniteux, cela dit. Demandait au coiffeur de lui raser la tête derrière et sur les côtés, de couper le reste si court que cela ressemblait davantage à des pointes de fer qu'à des cheveux humains, étincelants comme quelque chose qui risquait de vous taillader les doigts si vous y touchiez.

Ce n'était pas tout à fait vrai qu'il ne se sentait pas jeune. Une arme à la main, il se sentait plutôt bien. Lorsqu'il nettoyait une arme. Lorsqu'il la chargeait, la pointait. Lorsqu'il tirait (sur le terrain de tir) sans tressaillir ni au bruit ni au recul. On notait avec calme si on avait atteint la cible (cœur, tête) et, sinon, de combien on l'avait ratée. Et on recommençait.

L'avantage avec les armes : on s'améliorait tout le temps. Une question de discipline, de progrès. À l'école il n'avait jamais su où il en était, un jour il se débrouillait correctement et ses professeurs le félicitaient (grand comme il était, d'une minceur de serpent, les yeux maussades, la bouche hermétiquement close, ses professeurs nerveux étaient prompts à le féliciter), la fois d'après il foirait. On avait l'impression que c'était une question de hasard. Les livres le mettaient mal à l'aise, l'irritaient. Ces putains de mots, de chiffres. Des cailloux fourrés dans sa bouche, qu'il y en ait trop et ils l'étoufferaient.

Mais les armes. Une arme c'est différent. Plus on manie une arme, plus on devient expert. Et l'arme s'habitue à vous, elle aussi.

Son uniforme de policier n'était pas le premier. Il s'était engagé dans l'armée en quittant le lycée. Dans l'armée on lui avait appris à tirer. Il avait même failli être pris dans une section de tireurs d'élite. Mais il n'avait pas été tout à fait assez bon, parce que ces types-là étaient vraiment bons, impressionnants. Il avait admis que c'était sans doute aussi bien.

J'aurais peut-être trop aimé ça. Tuer.

On l'avait envoyé dans le golfe Persique. L'opération Bouclier du désert qui était devenue l'opération Tempête du désert. Quelques années plus tôt à peine, mais cela semblait faire plus longtemps. Dans la vie de son pays, où tout allait si vite, où on ne regardait jamais en arrière, la guerre du Golfe était quasiment oubliée. Il n'était pas du genre à regarder en arrière, et il n'était pas du genre à avoir des regrets. Ce qui arrive, arrive. Il était rentré aux États-Unis avec une médaille pour actes de bravoure sous le feu de l'ennemi, et les parties exposées du corps définitivement écailleuses, couleur d'argile. Depuis, ses yeux semblaient toujours plus clairs que son visage, des yeux de revenant disaient certaines femmes, en frissonnant à son contact. Dans le désert irakien il avait contribué à tuer un nombre indéterminé d'êtres humains qualifiés d'ennemis, de cibles. Il s'agissait de soldats irakiens de son âge ou plus jeunes. Beaucoup plus jeunes, dans certains cas. Il n'avait pas vu d'ennemis mourir mais il avait senti leur mort par grillade, par explosion. Respiré l'odeur caractéristique de viande brûlée, parce qu'il était sous le vent du combat, c'était ça ou ne pas respirer. Quand il racontait la guerre du Golfe aux rares personnes à qui il parlait de ce genre de choses, il disait que ce qui lui était arrivé de pire, c'était d'être piqué par des putains de puces. En fait, ce qui lui était arrivé de pire, c'était la diarrhée. Et un matin halluciné, il avait vu son âme se recroqueviller et mourir comme une chenille arpenteuse dans le sable brûlant du désert.

Au début elle lui avait manqué. Puis il avait oublié.

De retour aux États-Unis, il avait appris à être flic. Il avait épousé une fille qu'il avait connue au lycée. Il n'était pas ambitieux professionnellement mais il avait certains buts. Il comprenait que la police civile était une branche des forces armées américaines et que les mêmes conneries d'autorité et de grades y prévalaient. Il n'avait rien contre, dans l'ensemble. Si l'autorité méritait son respect, elle l'avait. Capitaines, lieutenants, brigadiers, gardiens. Ils l'apprécièrent d'emblée. Ils lui firent confiance. Il était un flic à l'ancienne mode, un flic d'une autre époque. Dans son uniforme d'agent, il faisait une forte impression. Il apprit avec étonnement que la majorité des flics de Niagara Falls n'avaient jamais fait feu sur des cibles humaines sans parler de tuer ces cibles sans parler d'y prendre plaisir et bien qu'il n'eût jamais raconté son expérience dans le golfe Persique à ses collègues, parce qu'il n'était pas du genre à parler beaucoup de lui-même, il avait cette aura autour de lui.

Malgré tout, le premier type avec qui il fit équipe, un flic ventripotent qui n'avait pas dépassé le grade de gardien en dix-huit ans de service, demanda à changer de coéquipier au bout de trois semaines à peine.

« Ce Dromoor, sûr qu'il est intelligent, un flic-né. Mais il est trop silencieux. Il ne parle pas et, du coup, toi, tu parles trop. Et comme il ne répond pas, au bout d'un moment tu ne peux plus parler non plus, et du coup tu te mets à trop penser. Ce n'est pas bien. »

Dans la police de Niagara Falls, il avait eu de la malchance au début. Mais contrebalancée par de la chance dans l'ensemble.

Il avait été froissé, évidemment. Vexé. Que son premier coéquipier l'ait lâché. Le deuxième, un type plus dans ses âges, n'avait pas duré longtemps non plus. Dromoor n'y était pour rien, la faute à pas de chance.

Cela faisait à peine sept semaines qu'il était dans la police. Un appel pour violence conjugale. Un soir moite d'août dans l'East Side où le smog des usines chimiques pique les yeux et rend la respiration douloureuse. Dromoor conduisait la voiture de patrouille. Au moment où son coéquipier J. J. et lui se garaient devant un bungalow, un individu apparemment de race blanche, la trentaine, démarrait dans une camionnette Ford piquetée de rouille. J. J. décida de le poursuivre. Ce qu'il y avait dans le bungalow serait découvert par une équipe de renfort. La poursuite dura huit minutes avec des pointes à cent kilomètres à l'heure dans les rues étroites et défoncées de ces quartiers de Niagara Falls que peu de touristes ont visités. Finalement la camionnette dérapa, chassa, emboutit des voitures en stationnement, et le conducteur, projeté contre le pare-brise, resta affaissé sur le volant. On pouvait raisonnablement penser qu'il avait perdu connaissance. Il était très possible qu'il fût mort. Le pare-brise était fêlé, rien ne bougeait dans la cabine. J. J. s'avança, suivi de Dromoor, tous les deux revolver au poing. J. J. était anxieux, tendu. Dromoor sentait qu'il n'avait pas l'habitude de ce genre de situation. J. J. cria au conducteur de lever les bras, de garder les mains en vue, de rester dans le véhicule mais de garder les mains en vue. Le conducteur de la camionnette ne réagit pas. Il semblait saigner d'une blessure à la tête. Et puis il arriva – Dromoor se repasserait la scène bien des fois pour tâcher de comprendre comment précisément c'était arrivé – que le conducteur se baissa pour prendre un revolver calibre .45 sous son siège et faire feu sur J. J. à travers la vitre de la portière ; et brusquement J. J. fut par terre, une balle dans la poitrine. Dromoor, qui était à environ un mètre derrière lui, fut atteint à l'épaule gauche par une seconde balle avant même d'entendre la détonation avant même de sentir son impact qui ne s'accompagna d'aucune douleur immédiate, d'aucune sensation précise sinon celle d'un choc brutal, violent, comme si on lui avait balancé un coup de marteau. Dromoor était tombé sur un genou quand le conducteur descendit de la camionnette, s'apprêtant à tirer encore, mais Dromoor fit feu de sa position agenouillée, vers le haut et de biais, trois balles, dont chacune atteignit le tireur à la tête.

Ce fut le premier homme que tua John Dromoor dans la police de Niagara Falls. Ce ne serait pas le dernier.

L'ami

La plupart des gens qu'on rencontre ne vous font pas grande impression. Certains, c'est le contraire. Même si vous ne les revoyez pas, si vos routes ne se croisent plus. Quand même.

Elle le reconnut pour l'avoir vu à la télé régionale, dans les journaux. Son visage, en tout cas. Son nom, elle ne l'aurait pas reconnu, alors que c'était pourtant un nom étrange qu'elle murmura tout haut, en souriant : « Dro-moor ».

Ils firent connaissance au Horseshoe Bar & Grill. C'était peu de temps après la citation pour bravoure obtenue par Dromoor, une cérémonie publique couverte par les médias locaux. Dromoor passait pour avoir sauvé la vie de son coéquipier dans une fusillade et un tel événement, s'il n'était pas rare dans la ville tentaculaire de Buffalo, toute proche, était suffisamment rare dans la ville dépeuplée de Niagara Falls pour susciter l'intérêt des médias. Dromoor refusait pourtant de s'étendre sur ce qu'il avait fait. Il ne donnait pas l'impression d'être modeste, mais plutôt d'être aussi indifférent à l'opinion des autres sur sa personne qu'il l'était à leur opinion sur tout le reste. Lorsque Tina Maguire le complimenta pour sa citation, Dromoor répondit, sans ironie : « Ça remonte au mois d'août. » On était mi-septembre.

Le Horseshoe avait été une boîte de nuit d'une élégance tapageuse. Les récessions économiques du XXe siècle déclinant en avaient fait un bar de quartier, fréquenté par les policiers et le personnel du tribunal. Martine Maguire – Tina pour ses amis – y était connue. Elle était veuve et mère d'une petite fille. Beaucoup des habitués du Horseshoe avaient connu son mari, Ross Maguire. Il avait travaillé pour les pneus Goodyear et était mort d'un cancer fulgurant de la peau, plusieurs années auparavant. Quelques-uns des hommes du Horseshoe étaient sortis avec Tina. Il y avait peut-être eu des complications affectives. Mais pas de ressentiment durable. Tina était appréciée, admirée. Elle était flirteuse sans être agressive. Elle s'entendait aussi facilement avec les femmes qu'avec les hommes, des femmes seules comme elle, qui passaient au Horseshoe le vendredi soir, après le travail.

Elle avait rencontré Dromoor par hasard, ce soir-là. Il était nouveau dans la police et nouveau à Niagara Falls. Elle se rappellerait ensuite qu'il ne lui avait pas dit grand-chose, mais qu'il avait écouté. Elle avait eu l'impression qu'il avait été ému d'apprendre qu'elle était veuve, et si jeune. Et qu'elle avait une fille qu'elle devait élever seule. Lorsque Dromoor voulut lui offrir un verre et qu'elle refusa, il n'insista pas. Mais ils restèrent ensemble au bar. Il n'y avait personne d'autre qui les intéressât autant qu'ils s'intéressaient l'un l'autre. Dromoor buvait de la bière, une bière sombre à la pression. Ses yeux étaient plus clairs que son visage, qui ressemblait à un masque, à de l'argile cuite. Vers la fin de la soirée, quand Tina s'apprêta à partir, elle dit à Dromoor qu'il devrait l'appeler un jour, s'il avait le temps. Dromoor se rembrunit et dit en baissant la voix pour que personne d'autre ne puisse entendre qu'il aimerait bien, mais qu'il était marié et que sa femme allait accoucher de leur premier enfant dans une vingtaine de jours.

Tina rit et dit qu'elle appréciait. D'être prévenue.

« John Dromoor. Tu es mon ami. »

Elle se pencha pour poser un baiser sur sa joue. Effleurer de ses lèvres sa joue d'argile cuite. Juste un contact, un geste. Ce type lui avait vraiment plu, et elle devinait qu'elle lui plaisait, jusqu'à un certain point. Mais c'était tout. Pas plus que ça. Lorsque Tina Maguire et John Dromoor se retrouveraient aussi près l'un de l'autre, ce serait presque deux ans plus tard dans le hangar à bateaux du parc de Rocky Point et Tina Maguire serait sans connaissance.

Chance

La façon dont une vie se décide. Dont une vie prend fin.

Chance, malchance. Pure question de chance.

Lorsque ta mère s'est penchée vers toi pour te souffler dans l'oreille : « Bethie, bébé ! On y va. »

C'était quelques minutes avant minuit, le 4 Juillet 1996.

Tu t'étais endormie sur le canapé grinçant de Casey, dehors sur la véranda. Après la fin du feu d'artifice sur le fleuve. Tu attendais que ta mère se décide à partir mais la soirée ne semblait pas près de se terminer.

Tu avais le visage cuisant de coups de soleil. Tes yeux te brûlaient. La journée avait été longue et étourdissante : un vrai tour de montagnes russes. Maman a dit en se moquant de toi qu'elle ferait bien de rentrer te mettre au lit, il était presque minuit.

Tu as objecté que tu n'étais pas fatiguée. Tu n'étais pas un bébé. Tu ne voulais pas rentrer à la maison tout de suite.

Casey a dit, en passant un bras autour des épaules de ta mère, en la serrant fort pour rire : « Bethie peut dormir au premier si elle veut. Il y a de la place. Reste encore un peu, Tina ? Allez ! »

Maman était tentée. Elle s'amusait bien, elle aimait bien ces soirées de quartier. Et elle aimait bien Casey.

Mais maman a décidé que *non*.

Telle mère, telle fille

Tu étais Bethel Maguire que tout le monde appelait Bethie. Ton enfance a pris fin lorsque tu avais douze ans.

Tu penserais toujours *si*. Si maman n'avait pas dit *non*.

Vous seriez restées chez Casey, cette nuit-là. Toutes les deux. Et ce qui devait arriver dans le parc de Rocky Point ne serait pas arrivé et personne n'aurait su que cela aurait pu arriver et donc ton enfance n'aurait pas pris fin cette nuit-là.

Chance, malchance. Frappé par la foudre, épargné par la foudre.

En général tu aimais bien ces soirées de quartier, les pique-niques d'été qui commençaient dans les jardins de derrière et se répandaient jusque dans la rue. La musique à fond. Rock, country, bluegrass. Ray Casey avait un faible pour la musique bluegrass et quand on était un ami de Casey on se mettait à l'aimer aussi. C'était ça ou les boules Quiès, disait maman.

Chez Casey ce soir-là des tas de gens dansaient. Juste de la danse disco, folle et drôle. Tina Maguire était un des meilleurs danseurs, aucun homme ne pouvait la suivre. Seulement d'autres femmes.

Cette Tina ! Regardez-la !

Tina est déchaînée, ce soir !

On te disait souvent que tu avais hérité des cheveux blond doré et du teint clair de Tina Maguire. Mais tu savais que tu n'étais pas jolie comme elle et que tu ne le serais jamais.

En regardant maman danser et flirter et rire si fort que ses yeux n'étaient plus que deux fentes, en voyant la façon dont les gens la regardaient, tu avais peur parfois. Que Tina Maguire donne d'elle-même une impression qui n'était pas vraiment elle.

Parce qu'elle buvait trop à ces soirées. Elle était tout haletante, surexcitée. L'air d'une collégienne plutôt que d'une femme de trente-cinq ans. (Si vieille ! Tu étais trop délicate pour souhaiter savoir l'âge exact de ta mère.) Quand son débardeur glissait de son épaule, on voyait que Tina ne portait pas de soutien-gorge dessous.

Ses cheveux « éclaircis », coupés aux ciseaux en dégradé, qui lui tombaient dans les yeux.

Sa peau, dont on sentait la chaleur brûlante si on la touchait.

Ses grands éclats de rire surpris comme du verre qui se brise.

Tu savais : ta mère méritait de s'amuser de temps en temps. Elle était vraiment bien comparée aux mères de la plupart de tes amies. Elle t'aimait, et ça n'était pas exagéré de dire qu'elle aurait tout fait pour toi. Ton père lui manquait mais elle ne voulait pas ressasser le passé. Elle ne se plaignait pas, pas beaucoup en tout cas. Sa remarque préférée était *Ça pourrait être drôlement pire* et elle la prononçait en haussant les épaules comme un comique à la télé. Elle avait un travail très stressant, réceptionniste pour deux dentistes autoritaires qui lui faisaient tout le temps des reproches. Et il y avait sa mère à elle, qui comptait sur ses visites, jusqu'à deux fois par jour à certains moments, et qui voulait que Tina et toi veniez habiter dans sa maison de brique de Baltic Avenue.

Maman protestait qu'elle ne pouvait pas ! Impossible.

C'était la solution de facilité. Réemménager chez grand-mère. Elle ferait des économies, évidemment, mais elle ne se remarierait jamais. Sa vie serait terminée, sa vie de femme. Elle ne supportait pas cette idée.

Ta mère était une femme qui aimait les hommes. Trop, quelquefois.

Ça lui pendait au nez. Elle le cherchait. Tout le monde savait ce qu'elle était.

Il y avait eu un certain nombre d'hommes dans la vie de ta mère, au cours des ans, mais aucun n'avait jamais passé la nuit dans votre maison de la 9e Rue. Ta mère ne le permettait pas, elle ne voulait pas te perturber.

Elle ne te l'avait jamais dit. Mais tu le devinais.

Maintenant c'était Ray Casey, ta mère le voyait depuis environ un an.

Maman et Casey allaient-ils se marier ? Tu ne pouvais pas poser la question.

Tu disais à maman que tu aimais beaucoup Casey,

ce qui était vrai. Tu lui disais que ça ne te dérangeait pas qu'ils se marient mais en fait ce n'était pas vrai.

S'ils se mariaient, si maman t'emmenait vivre chez Casey, tu pensais que maman t'aimerait moins. Maman aurait moins de temps pour toi. Maman l'aimerait, lui.

Tu étais jalouse de Casey, il t'arrivait de souhaiter qu'il retourne vivre avec sa femme. Ou qu'il déménage. Ou qu'il meure.

Quatre ans sept mois depuis que ton père Ross Maguire était mort et pourtant tu pensais beaucoup à lui. C'était parfois plus l'idée d'un *père*, de *papa*, que de véritables souvenirs. Lorsque tu étais bien réveillée, son visage était plutôt flou. Mais quand tu glissais dans le sommeil, d'un seul coup tu le voyais ! Tu entendais sa voix, le son grave, réconfortant de sa voix, tu voyais son visage, son sourire, tu sentais sa présence dans la maison. Avant qu'il tombe malade, qu'il aille à l'hôpital et ne revienne plus, il y avait eu deux temps : l'atmosphère de la maison quand papa était là, et quand papa n'était pas là.

Ce serait mal. Ce ne serait pas bien. Qu'un autre homme fasse semblant d'être ton père.

Des mauvaises langues du quartier disaient que Ray Casey avait quitté sa femme pour Tina Maguire mais ce n'était *pas vrai*. La femme de Casey avait quitté Niagara Falls avec leurs enfants. Elle était retournée vivre dans sa famille à Corning, dans l'État de New York. Casey devait faire un sacré voyage pour aller voir ses gosses. Il était peiné, il était écœuré. Il se demandait ce qu'il avait fait de travers. Son mariage était fini, disait-il. Son mariage était mort. Casey prononçait le mot *mort!* avec une certaine véhémence. Il disait qu'il était amoureux fou de Tina Maguire. *Amoureux fou* aussi était prononcé avec une certaine véhémence.

On raconterait que Tina Maguire s'était querellée avec son petit ami Casey, ce soir-là. Que c'était pour ça qu'elle avait quitté la soirée et qu'elle était rentrée à pied avec sa fille. Que c'était pour ça qu'elle était dans le parc de Rocky Point à minuit. *Ils étaient ivres, ils s'engueulaient. Elle a fichu le camp. Il l'a laissée partir.*

Juste après la tombée de la nuit, le feu d'artifice a commencé sur le Niagara, à deux kilomètres et demi de là. Quelques enfants sont montés au premier étage de la maison de Casey, ont escaladé les fenêtres pour s'asseoir sur le toit de la véranda et regarder les fusées éblouissantes. Tu t'étais mêlée à eux en espérant que ta mère ne s'en apercevrait pas.

Mais elle s'en est aperçue. Ou alors quelqu'un l'a avertie.

« Descends, Bethie ! Bon Dieu, descends de là avant de te rompre le cou. »

Tu as protesté en disant que le toit était quasiment plat, que tu ne risquais pas de tomber, mais maman n'a rien voulu entendre, elle a menacé de monter te chercher. C'était embarrassant qu'elle fasse ce cirque alors que tu étais sur un toit de véranda à quatre mètres à peine du sol mais c'était typique de maman d'être obsédée par ta sécurité. Casey a tâché de plaisanter en disant que si tu sautais, il te rattraperait, comme un pompier.

En fait, Casey était pompier bénévole.

Ta mère a eu gain de cause, bien sûr. Humiliée, tu as dû retourner à quatre pattes jusqu'à la fenêtre sous le regard des autres enfants. Tu roulais les yeux en marmonnant : « Elle m'embête ma mère, il faut toujours qu'elle soit sur mon dos. Elle me traite comme un bébé idiot de cinq ans. » Tu avais le ton plus dur que tu n'en avais l'intention. C'était censé être drôle, en fait.

Plus tard, après le feu d'artifice, tu as dû t'endormir sur le canapé en rotin. Malgré la musique bruyante, les voix et les rires, tu as dormi environ une heure jusqu'à ce que ta mère se penche et te souffle dans l'oreille, pour te réveiller :

« Bethie. On rentre, bébé.

– Je ne dormais pas… »

Tu étais un peu désorientée, ton visage t'élançait à cause des coups de soleil.

Plus de douze heures auparavant, tu avais joué au softball dans le parc. Nagé dans la piscine qui était bourrée d'enfants braillards et exposée au soleil brûlant. Tu avais l'estomac barbouillé par les délicieux épis de maïs que tu avais mangés. Et les hamburgers grillés de Casey, la salade de pommes de terre de maman avec des tranches d'œufs durs. Le gâteau à la carotte, la glace. Dieu sait combien de sodas, pris dans la glacière, dans le jardin de derrière.

La fille buvait de la bière, elle aussi. Telle mère, telle fille dans cette famille.

Les dés furent secoués une dernière fois dans leur cornet. Là encore, tout aurait pu être évité. Lorsque Casey dit : « Je vais vous raccompagner en voiture, Tina. Une minute, le temps que j'aille chercher la voiture », et ta mère l'a remercié et l'a embrassé sur la joue en répondant que ce n'était pas la peine.

« On a envie de marcher, hein, Bethie ? C'est une nuit parfaite. »

Le hangar à bateaux

À 1 h 25 du matin, le 5 juillet 1996, la police interdirait l'accès du lieu du crime.

C'était un bâtiment de service, bas, revêtu de bardeaux, au bord de l'étang de Rocky Point. Il servait à entreposer le matériel du parc : canots et canoës inutilisés, tables de pique-nique, bancs, chaises pliantes, poubelles. Il y flottait une odeur d'eau stagnante, de rongeurs, de bois en putréfaction. Une odeur persistante d'urine rance parce que des clochards venaient parfois y dormir.

Sur le sol crasseux, près de l'entrée, la victime du viol collectif manquerait mourir. On supposerait qu'elle avait été laissée pour morte. Si ses violeurs avaient réfléchi, s'ils avaient été moins ivres, ou moins drogués, moins excités, ils se seraient assurés qu'elle était morte. Elle, et sa fille de douze ans qui avait rampé pour se cacher derrière les embarcations empilées.

Un témoin. Deux témoins ! Capables d'identifier les violeurs, de témoigner contre eux.

Mais les violeurs n'avaient pas réfléchi. Ils n'avaient pas eu le temps de réfléchir et ils n'étaient pas en état de réfléchir. Ils n'avaient pas pensé à ce qu'ils feraient à leur victime de trente-cinq ans en dehors de l'acte frénétique de faire.

L'étang

Le jour, tu passais parfois à vélo sur ce sentier. Seule ou avec des amis. Des branches de saules pleureurs te frôlaient le visage, comme des fouets. Le sentier de brique était inégal, cahoteux. Du coin de l'œil, tu apercevais la silhouette des clochards affalés contre les bâtiments de service, ou étendus dans l'herbe dans un état apparemment comateux. Le jour, tu ne te sentais pas en danger.

La nuit, le sentier était éclairé. Mais la moitié des ampoules étaient cassées ou avaient grillé.

Malgré tout, on voyait la surface de l'étang. Les reflets brisés du clair de lune. L'eau était couverte d'une mousse fine qui se ridait et frissonnait comme la peau d'un animal nerveux. Des nuages vaporeux glissaient très haut dans le ciel. Près des Chutes, il y avait toujours de la brume, des nuages de vapeur. Tu voyais le visage cabossé de la lune, comme un œil qui clignait.

Normalement il fallait dix minutes à pied pour traverser le parc de Rocky Point de la maison de Casey à la vôtre. Mais maman a voulu prendre le sentier de l'étang. Parce que c'était *si joli*.

Disant de ce ton heureux-mélancolique que tu redoutais : « Ton père nous emmenait en barque sur l'étang, tu te souviens ? Quelquefois vous partiez tous les deux en canoë, juste lui et toi. Tu emportais tes poupées.

– J'ai toujours détesté les poupées, maman. »

Sur l'étang flottaient des plumes. Pas trace de cygnes, d'oies ni de colverts, ils devaient dormir dans les joncs près de la rive. Ou alors les enfants les avaient fait fuir en lançant des pétards.

De l'autre côté du parc, le match de base-ball scolaire avait pris fin depuis longtemps. Autour du terrain, les lumières éclatantes au sommet des immenses poteaux étaient éteintes depuis longtemps. Les gradins étaient vides et le parc quasiment désert. Il y avait peu de circulation sur les routes. De temps en temps on entendait le claquement d'une rafale de pétards et des rires d'hommes jeunes.

Des boîtes de bière et des saletés à la surface de l'étang. Malgré tout, il était beau au clair de lune, Tina Maguire l'affirmait.

La façade en stuc de la station hydraulique était éclairée. C'était un vieux bâtiment « historique » dessiné par un architecte de renom et, malgré son état de délabrement, il conservait une certaine dignité. Brique sombre, stuc couleur crème, mortier effrité. Des volutes en fer forgé, autrefois élégantes, devant les fenêtres et les portes. Des statues héroïques en pierre dans des niches et au bord du toit : des guerriers nus avec épées et boucliers, des femmes au visage vide, les cheveux à la taille. Parmi elles, une sirène qui avait une queue de poisson ridicule à la place de jambes.

Tu as demandé à ta mère à quoi servait une sirène… « C'est si bête ! »

Tu ne voulais pas dire que cette sirène te faisait un peu peur. Depuis toute petite, chaque fois que tu la voyais au-dessus de l'étang. Une femme bizarre, difforme, qui n'avait pas de jambes.

Maman a dit : « À quoi sert tout ce qu'on invente ? C'est fait pour que les hommes la regardent, j'imagine. Ce sont les hommes qui inventent ces choses-là.

– Mais, maman, il faut bien que ça serve à quelque chose. »

Tu étais en colère contre ta mère, soudain. Sans savoir pourquoi.

Il y avait une petite pointe de terre qui s'avançait dans l'étang, elle menait à un barrage bas par-dessus lequel l'eau coulait en un flot toujours écumeux. Tu espérais que ta mère ne voudrait pas aller jusque-là, parce que le sentier était mal éclairé.

Tu espérais que ta mère ne reparlerait plus de ton père, ce soir-là. Le 4 Juillet, ce n'était pas le bon moment. C'était censé être un jour de bonheur bête. Un jour où on a la tête vide. Chez Casey, quand maman t'avait regardée là-haut sur ce toit comme si ta vie était en danger, tu avais été tellement gênée ! Tina Maguire avait le chic pour exagérer certaines choses alors qu'elle était complètement indifférente à d'autres.

Elle regardait le hangar à bateaux, maintenant. Il était fermé pour la nuit, un rideau de métal tiré sur l'ouverture du côté de l'étang. Le hangar était couvert de graffiti qui faisaient penser à des cris déments. KIKI AIME R. D. À MORT SUCE ASON ENCULÉ ! ! ! J'EMERDE ST. THOMASS.

(Il fallait être du coin pour savoir que cela faisait référence au lycée St. Thomas d'Aquin, situé au nord de la ville.)

Maman a dit, comme si elle était personnellement blessée, contrariée : « Quelqu'un devrait nettoyer ce parc, il était si beau et maintenant il est juste *triste*. »

Tu as dit, en sale gosse de douze ans qui voulait avoir le dernier mot : « La ville de Niagara Falls est *triste*, maman. Tu débarques ? »

De l'autre côté d'une route, d'un bouquet de pins, la 9e Rue.

Cinq minutes à pied jusqu'à la maison.

Des visages qui foncent sur toi. Dents ricanantes, yeux luisants.

Comme une meute de chiens. Si vite !

Trois d'entre eux devant vous, vous forçant à reculer.

Quolibets, rires. Glapissements.

L'un d'eux est torse nu. Un torse maigre, glabre. Une odeur âcre, douceâtre, brûlante.

Cheveux hirsutes, rires bruyants. Ils courent à côté de vous. D'autres encore, des types plus jeunes. Ils frappent dans leurs mains poussent des cris des huées pour forcer ta mère et toi à reculer, vers l'intérieur du parc. Le hangar à bateaux.

Tout va trop vite. Tes yeux sont ouverts mais aveugles.

Tu te dis que ça n'est pas en train d'arriver, que ça n'arrivera pas.

Dans un instant ça va s'arrêter. Disparaître.

Maman essaie de leur parler. De leur sourire. De plaisanter. Ils ont l'air de la connaître. Tiiiiina! Ils touchent ses cheveux, empoignent ses cheveux. L'un d'eux, cheveux couleur sable dans les yeux, chemise rouge déboutonnée sur une poitrine flasque couverte de poils rudes, essaie de l'embrasser, plonge comme un barracuda, dents découvertes.

Elle essaie de plaisanter. Essaie de le repousser.

Ils sont cinq, ou six? Deux autres attendent près du hangar, ils ont forcé une porte.

Des garçons du quartier, des visages familiers. Le type à la chemise rouge est un visage que tu connais.

Maman supplie s'il vous plaît les gars laissez-nous tranquilles, OK? Ne nous faites pas de mal s'il vous plaît, ne faites pas de mal à ma fille s'il vous plaît ce n'est qu'une petite fille, OK, les gars?

Des mains t'agrippent. Tes cheveux, ta nuque. Tu essaies de feinter et un garçon brun te barre la route en rigolant, les bras tendus comme si c'était un match de basket, que tu aies la balle et qu'il soit l'arrière qui se dresse au-dessus de toi.

Les types se moquent de ta mère qui pleure, qui les supplie de laisser sa fille tranquille, qui hurle Cours Bethie! Sauve-toi chérie!

Ils te laissent t'échapper, courir quelques mètres, puis ils te rattrapent. Si brutalement qu'ils te déboîtent l'épaule. C'est un jeu.

Ils laissent ta mère s'échapper, courir en trébu-

chant pieds nus dans l'herbe, puis ils la rattrapent. Trois d'entre eux, comme des danseurs ivres.

Hé là Sexy, où tu vas ?

Mmmm beauté montre-nous tes nénés Sexy héhéHÉ.

Ils vous traînent dans le hangar. Ta mère et toi. Tu te débats, tu lances des coups de pied et tu essaies de crier mais une main moite au goût de sel se plaque sur ta bouche.

La dernière fois que tu entends ta mère parler elle sanglote Non ! Ne lui faites pas de mal ! Lâchez-la !

Cachée

Recroquevillée dans un coin du hangar. Derrière, en partie sous une pile de canoës retournés.

Tu avais rampé là dans ton désir désespéré de t'enfuir. Sur le ventre, sur tes coudes à vif. Te traînant comme un serpent blessé. Alors que l'un d'eux te donnait des coups de pied. T'injuriait en t'envoyant des coups de pied dans le dos, les cuisses, les jambes, comme si dans sa fureur il voulait te briser tous les os du corps.

Tu lui avais glissé entre les mains. Si menue, si maigre. Pas de seins, pas de hanches. Pas assez de chair femelle à empoigner.

Où est cette petite salope, où est-ce qu'elle se planque ?...

Recroquevillée dans le coin le plus reculé du hangar. Dans une obscurité sentant l'eau stagnante, le bois pourri. Une puanteur aigre d'urine. Tu étais terrorisée à l'idée que tu allais suffoquer, étouffer. Tu t'étais logée dans un espace si petit que ton corps était plié en deux. Tu avais les genoux contre la poitrine, la tête dans les épaules. Au-dessus et à côté de toi, empilés sur plusieurs niveaux, des canoës retournés. S'ils étaient tombés, ils t'auraient écrasée.

Terrorisée par ce qu'ils faisaient à ta mère. Ce que tu aurais à endurer, à entendre.

Tu ne pensais pas *viol*. Le mot *viol* ne faisait pas encore partie de ton vocabulaire.

Tu penserais *battre*, *blesser*. *Essayer de tuer*.

Tu as entendu les cris de ta mère, ses hurlements étouffés. Tu as entendu ta mère les supplier. Tu les as entendus se moquer d'elle.

Tiiiiina ! Montre tes nénés maintenant Tiiiiina.

Écarte les jambes Tiiiiina. Ton con.

Tu les as entendus frapper ta mère. Des coups sourds sur une chair sans résistance. Ils empoigneraient les chevilles minces de ta mère, lui écarteraient les jambes avec violence comme s'ils voulaient les lui arracher. Ils riaient de ses cris de douleur, de sa terreur. Ils riaient de ses vaines tentatives pour se protéger. Ils étaient insouciants, euphoriques. Tu apprendrais qu'ils avaient pris une drogue appelée cristal méth. Dans leur excitation, ils t'avaient oubliée. Tu étais insignifiante pour eux, qui avaient une femme adulte. Ils avaient déchiré les vêtements de ta mère comme si les vêtements de cette femme les exaspéraient. Ils crachèrent sur le visage de ta mère comme si sa beauté les exaspérait. Ils tirèrent sur les cheveux de ta mère avec la volonté de les arracher. L'un d'eux plongerait à plusieurs reprises son pouce dans son œil droit avec la volonté de l'aveugler. Tu ne pouvais pas savoir qu'il y avait une folie rayonnante sur leurs visages, que leurs yeux de loup étincelaient, que leurs dents humides luisaient.

Tu ne pouvais pas savoir que leurs yeux se révulsaient. Que leurs corps étaient couverts d'une sueur huileuse. Qu'ils chevauchaient le corps inerte de ta mère et enfonçaient leurs pénis dans sa bouche en sang et dans son vagin en sang et dans son rectum en sang. Tu entendrais les bruits de ce viol sans avoir entièrement conscience que ce que tu entendais était un *viol*. La douleur de ton bras déboîté te mettait au bord de l'évanouissement, tu essayais de respirer à travers les fentes du plancher raboteux et crasseux. À quelques centimètres sous ce plancher l'eau mousseuse de l'étang clapotait, ondulait. Tu as pressé tes paume écorchées et saignantes contre tes oreilles pendant vingt minutes et plus en implorant *Mon Dieu fais qu'ils ne tuent pas maman je t'en supplie mon Dieu aide-nous*.

« Viol collectif »

L'appel fut reçu à 0 h 58. C'était le troisième appel ce soir-là qui envoyait Zwaaf et Dromoor dans le parc de Rocky Point et ses environs.

Cette journée folle du 4 Juillet. Depuis le crépuscule, les sirènes de la police se mêlaient à celles des véhicules médicaux d'urgence. Il y avait aussi les sirènes d'incendie, les alarmes des maisons et des voitures. Les feux d'artifice tirés sur le Niagara, dans un cadre public et autorisé, et les pétards illégaux qui détonaient dans toute la ville. On signala des coups de feu. Des touristes signalèrent des agressions, de menus larcins dans leurs véhicules fracturés, garés dans les grands parkings municipaux en bordure du fleuve. Un nombre record d'individus, en majorité de sexe masculin, en majorité jeunes, se blessèrent et blessèrent d'autres personnes en manipulant feux d'artifice et pétards illégaux. Des gens se plaignirent de jeunes qui lançaient des pétards allumés par les fenêtres ouvertes des maisons et par les vitres baissées des véhicules. Des gens se plaignirent de chiens et de chats terrorisés. Des plaisanciers se plaignirent d'autres plaisanciers, agressifs et ivres. Des gens se plaignirent de bandes de jeunes ivres et/ou drogués, caucasiens, afro-américains, hispanos, qui se rassemblaient dans les parcs de la ville. Il y eut des arrestations pour détention de drogues, ivresse sur la voie publique et conduite en état d'ivresse, prostitution sur la voie publique, racolage, conduite obscène et lascive. Il y eut quelques incendies, dont certains suspects. Il y eut des accidents causés par des barbecues et des accidents de piscine. On procéda à des arrestations sous les gradins du terrain de base-ball de Rocky Point, dans les toilettes pour hommes et dans les parkings. La police confisqua une quantité considérable de substances inscrites au tableau, dont, essentiellement, de la marijuana, de la cocaïne, et une drogue synthétique en vogue depuis peu dans la région de Niagara Falls, la méthamphétamine.

La méth était la pire. Elle faisait frire et grésiller le cerveau.

Zwaaf disait, avec écœurement : « Ces connards qui veulent de la drogue, on devrait les boucler et leur en donner. Les laisser se tuer et bon débarras. »

Zwaaf et son coéquipier Dromoor avaient procédé à plusieurs de ces arrestations. Des petits dealers, dans le parc. Les autres arrestations de la nuit avaient concerné des conducteurs en état d'ivresse, des jeunes coupables de vols, d'agressions. Quelques armes avaient été confisquées. Des feux d'artifice illégaux. Le 4 Juillet était un jour férié pervers, de l'avis de Zwaaf. Il avait fini par le détester. C'était un vieux routier des patrouilles de police à Niagara Falls dont l'état d'esprit oscillait entre le mépris et la consternation. Il attendait la retraite avec impatience mais il lui restait des comptes à régler. Il se comportait envers Dromoor comme un frère aîné envers un jeune homme impénétrable dont il souhaitait ignorer ce qu'il avait de différent. Il reprochait à Dromoor d'être trop silencieux alors que lui-même parlait sans discontinuer. Au 4 Juillet, il reprochait d'être un jour férié qui ne servait qu'à enfreindre la loi par des incendies, des explosions, des bruits impossibles à différencier de coups de feu. Aussi dangereux et ingérable que le 31 décembre à minuit mais en pire parce que en juillet c'est l'été et que tout le monde est dans les rues.

Dromoor n'écoutait Artie Zwaaf que d'une oreille. Dromoor ne trouvait pas que ce 4 Juillet était ingérable, pas encore. Quelque chose allait arriver, peut-être. Dromoor attendait toujours que quelque chose arrive. Il était impatient, nerveux. Il conduisait la voiture de police, ce qui lui donnait quelque chose à faire en permanence, mais tout de même. Il n'aimait pas les moments de calme. Il avait des problèmes conjugaux dont il ne parlait pas à Artie Zwaaf à qui il n'était pas prudent de faire des confidences même si Dromoor avait été du genre à se confier ce qui n'était vraiment pas le cas. Dromoor ne considérait pas que ses problèmes étaient graves ni même inhabituels. Il supposait qu'ils n'étaient même pas insolubles. Ils étaient contrariants à la manière d'un collier trop serré autour du cou d'un chien, qui le sent mais ne le voit pas. Dromoor commençait à être fatigué de patrouiller dans les rues défoncées de Niagara Falls. Il avait l'espoir de prendre du galon dans la police. Il était le père d'un enfant de dix-huit mois et serait le père d'un deuxième d'ici moins de sept mois. Dans son métier, il n'avait pas été personnellement en danger depuis l'incident avec J. J. ce fameux soir d'août, il y avait déjà près de deux ans. Il avait rarement eu l'occasion de sortir son arme, il n'avait jamais eu l'occasion de tirer. Et ce soir de 4 Juillet, les arrestations auxquelles Zwaaf et lui avaient procédé s'étaient déroulées sans incident. Même les drogués n'avaient pas opposé de résistance. Personne ne s'était débattu quand on lui avait passé les menottes. Personne n'avait bousculé les policiers, essayé de s'enfuir. Dans le parc, lorsqu'ils s'étaient approchés d'une bande bruyante de jeunes Noirs et d'Hispanos, Dromoor avait brandi sa matraque. Mais il n'avait pas eu à s'en servir.

Ce coup de téléphone venant du parc de Rocky Point. Un automobiliste qui avait composé le 911 après avoir été arrêté sur une route par une enfant, une petite fille de onze, douze ans, les cheveux en désordre, les vêtements déchirés, la bouche et le nez en sang, qui lui avait dit que sa mère avait été battue, gravement blessée, dans le hangar à bateaux de l'étang. Et lorsqu'ils étaient arrivés sur les lieux, la fille était là, hébétée, assise dans l'herbe, et en la voyant, les vêtements déchirés, le visage ensanglanté, ce bras qui pendait bizarrement, Dromoor avait compris qu'il devait s'agir d'un viol.

Les toubibs arrivaient. Dromoor et Zwaaf seraient les premiers à entrer dans le hangar. Dans la lumière dure, impitoyable, de leur torche, la femme gisait, nue, bouche ouverte, jambes ouvertes, dans la posture suppliante de la mort. Elle respirait à peine, le mouvement de sa cage thoracique était presque imperceptible. Elle saignait de blessures qu'elle avait à la tête, de son nez cassé, de ses lèvres déchirées. Une flaque sombre de sang s'élargissait sous elle, entre ses jambes. Les ongles de ses mains, couverts du même vernis rouge glamour que ceux de ses pieds, étaient tordus, cassés. Ses paupières n'étaient pas entièrement fermées. Des larmes ou des mucosités croûtaient ses cils. Ses cheveux, blond doré, étaient éclaboussés de sang. Ses seins, pleins, lourds, étaient aplatis contre sa poitrine et barbouillés eux aussi de sang comme par des tatouages sauvages et exotiques.

« Mon Dieu ! marmonna Zwaaf. Ils l'ont drôlement arrangée. »

Dromoor était accroupi près de la femme évanouie. Sa torche tremblait dans sa main. Il s'était trompé, le viol, c'était là. C'était ça. L'autre, la gamine, avait été frappée mais pas violée.

Il n'avait encore jamais été appelé sur les lieux d'un viol collectif. Il n'avait jamais vu de victime de viol sinon sur des photographies. Il n'oublierait pas le spectacle.

Il connaissait le nom de cette femme : Martine Maguire.

On l'appelait Tina. Elle habitait le quartier. Une veuve.

Depuis leur rencontre au Horseshoe, Dromoor avait vu Tina Maguire quelquefois, de loin. Il avait conservé cette distance entre eux en se disant que ça ne servait à rien. Elle ne l'avait pas vu.

Les toubibs entrèrent dans le hangar. La scène baignait dans une lumière artificielle plus éclatante que le soleil.

Témoin

Tu avais douze ans à ce moment-là. Ton treizième anniversaire arriverait brusquement, trop vite, en août, et passerait quasiment inaperçu. Car l'enfance appartenait à *avant*, maintenant que tu en étais venue à vivre *après*.

Tu raconterais ce dont tu étais capable de te souvenir.

Quantité de fois tu raconterais. Et re-raconterais.

Cette nuit-là, la nuit même du viol, aux urgences de St. Mary où une ambulance t'avait emmenée en même temps que ta mère évanouie, on t'interrogea. Avant l'arrivée de ta grand-mère et d'autres parents, on t'interrogea. Tu ne demandais qu'à parler. À dire tout ce que tu savais. Tu tenais désespérément à coopérer. Avec une logique d'enfant tu croyais que tout ce que tu pourrais faire aiderait ta mère à vivre.

Même si Tina Maguire devait un jour maudire le fait d'avoir été maintenue en vie, cinq jours sous respirateur et sous perfusion intraveineuse dans le service de réanimation de St. Mary, de ne pas avoir été achevée d'une balle dans la tête là-bas dans le hangar, quelle putain de malchance qu'elle ait jamais vu le jour.

L'ennemi

On te recommandait *Prends ton temps, Bethie.*

Au poste de police du Huitième Secteur où des agents de police te montraient des photos.

Grand-mère t'avait emmenée. De St. Mary au poste de police. Ta mère était toujours sans connaissance, sous assistance respiratoire. Tu étais l'unique témoin.

Tâchant d'expliquer que c'était arrivé très vite.

Si vite ! Et il faisait si sombre ! Le visage de ces hommes…

Tu avais la bouche douloureuse, tuméfiée. Chaque mot que tu prononçais faisait mal.

Il y avait une femme, pas une femme policier mais une conseillère des services familiaux. Elle te souriait comme une éducatrice de maternelle pourrait sourire à ses élèves. En te disant d'une voix lente, prudente, que le fait que tout se soit passé très vite ne signifiait pas que tu étais obligée de te rappeler les choses « vite ».

Prends ton temps, Bethie. C'est très important.

Toutes ces photos de jeunes hommes, de garçons ! Certains d'entre eux faisaient très jeune, ils auraient pu fréquenter le lycée Baltic. Certains des visages te disaient quelque chose, ou presque.

La plupart étaient des Blancs. Les violeurs avaient tous été blancs. Mais foncés de peau, mal rasés, les cheveux bruns, les sourcils épais. Cela te faisait peur maintenant, tu étais incapable de décrire leur *race*. Il faudrait que tu dises blancs. Blancs mais foncés. La peau foncée mais blancs. Il faudrait que tu dises...

Tu te rappelais ses coups de pied. Il t'avait frappée, frappée encore, le dos, les cuisses, les jambes, il riait, il avait essayé de t'attraper par les chevilles, trébuché, renoncé, la petite salope n'en valait pas la peine.

Si tu trouvais son visage parmi ces photos ! Il reviendrait te tuer.

Il était l'ennemi. Ils étaient tous l'ennemi. Ils connaissaient ton nom, ils connaissaient le nom de ta mère. Et ils savaient où tu habitais. Tu t'es mise à trembler, à ne plus pouvoir t'arrêter de trembler. Tu avais les yeux mouillés de larmes. Les policiers te regardaient sans rien dire. La femme des services familiaux t'a pris les mains, doucement.

En t'appelant Bethie. En te disant de ne pas avoir peur, que tu ne risquais rien.

La police te protégerait, a-t-elle dit. Toi et ta mère, la police vous protégera. Crois-nous s'il te plaît.

Tu ne la croyais pas. Tu ne savais que croire.

Tu as continué à regarder les photos. Un visage a retenu ton attention, tu as tendu le doigt : lui ?

Non. Tu as changé d'avis. Non, peut-être pas. Ils se ressemblaient tellement, des garçons que tu voyais tous les jours dans la rue.

Au 7-Eleven où maman faisait souvent ses courses. Au centre commercial Huron. Passant en voiture dans la 9e Rue, ces soirs d'été moites, et dans le parc, cinq ou six types, braillards, hurleurs, penchés aux portières d'une vieille voiture bruyante aux pneus énormes.

Celui-là ! Brusquement, tu étais sûre.

Le garçon aux cheveux couleur sable qui lui tombaient sur le visage. Sexy comme une rock star s'il n'avait pas eu le visage couvert d'acné.

Ricaneur et mauvais, il avait foncé sur vous. Empoigné ta mère et essayé de l'embrasser. Empoigné ses seins. Tiiiiina !

Tu comprenais maintenant qu'il avait entraîné les autres. C'était lui le meneur. Tu savais.

Celui-là. Oui.

Tu savais presque son nom. Pick ?

Dans la 11e Rue près du dépôt de bois il y avait une famille Pick qui habitait une grande maison au toit de tuiles jaunes. Pas un brin d'herbe ne poussait dans le jardin de devant, mais l'allée était encombrée de véhicules – des voitures, des motos, un bateau à moteur sur une remorque. Leila Pick avait trois ans de plus que toi au collège Baltic, une fille plutôt grosse, agressive. Il y avait des frères plus âgés dans la famille, l'un d'eux s'appelait Marvin.

Tout excitée, tu as su que c'était lui : Marvin Pick.

Plus tard tu identifierais son frère, même si tu ne savais pas son nom : Lloyd. Les Pick avaient des traits bien reconnaissables. Un visage large, un nez épais aux narines sombres. Un front bas, des cheveux couleur sable.

Marvin Pick avait vingt-six ans ; son frère Lloyd, vingt-quatre.

Et là ! Celui-là aussi.

Jimmy DeLucca, c'était son nom. Cela te faisait peur de voir sa photo de près. Insultant ta mère de sa voix mauvaise, furieuse, *Conne sale conne montre-nous tes nénés conasse !*

Tu ne trouverais pas celui qui t'avait donné des coups de pied. Il avait une moustache, une barbe de plusieurs jours. Les marques violacées laissées par ses doigts brutaux sur tes chevilles. *Où tu vas petite salope ? !*

Sauf que : les policiers t'ont dit d'essayer encore. Et tu l'as fait. Et il était là.

« Suspects », c'était le nom qu'on leur donnait. Comme s'ils n'avaient pas fait ce qu'ils avaient fait à ta mère et à toi mais qu'on les « soupçonne » seulement de l'avoir fait !

Tu n'en as identifié que cinq. Par leurs photos d'identité judiciaire et lors de « tapissages », au poste de police. En regardant des groupes de six à huit jeunes hommes derrière une vitre sans tain. Avec l'assurance qu'ils ne pouvaient pas te voir même si, toi, tu les voyais. Dans la lumière vive et crue qui éclairait la salle, les violeurs n'étaient plus aussi sûrs d'eux-mêmes. Leurs bouches n'étaient plus aussi railleuses. Leurs yeux n'avaient plus la même dureté vitreuse.

Dès que tu les as vus, tu les as reconnus. Tu as compris alors que tu n'oublierais jamais leurs visages.

Il y en avait eu d'autres. Sept ou huit en tout. Peut-être davantage. Tout était tellement confus. Et d'autres étaient venus, attirés par le tapage. Du parc. De la route. Peut-être.

Tu n'as pu en identifier que cinq avec certitude. Les plus agressifs, les premiers qui s'étaient rués sur vous.

Marvin Pick. Lloyd Pick. Jimmy DeLucca. Fritz Haaber. Joe Rickert.

Tous avaient un casier judiciaire pour délits mineurs. Tous avaient un casier judiciaire de délinquant juvénile scellé par le tribunal des affaires familiales. Les Pick et DeLucca avaient purgé une peine de prison dans un centre d'éducation surveillée. Haaber avait bénéficié d'un sursis avec mise à l'épreuve en 1994 après avoir violenté sa petite amie. Rickert avait été mis en liberté conditionnelle après avoir purgé une peine de prison dans l'établissement pénitentiaire d'Olean pour vol et détention de drogues.

Tous les suspects habitaient le quartier délimité par la 12e Rue et Huron Avenue, à l'est du parc de Rocky Point. À moins de deux kilomètres de la 9e Rue, où ta mère et toi habitiez.

Si près ! Tu préférais ne pas penser à quel point c'était près.

Après l'identification des témoins, on t'a dit que la police les avait mis en garde à vue dès le petit matin du 5 juillet. Avec de nombreux autres jeunes gens, on les avait conduits au poste pour les interroger sur le viol collectif/agression. Il était évident aux yeux de la police que beaucoup d'entre eux étaient au courant du viol, qu'ils y aient eux-mêmes participé ou non. « Les nouvelles circulent vite. Ces types se connaissent tous. » On avait confisqué leurs vêtements et à certains d'entre eux leurs chaussures pour les examiner. Les taches de sang qui s'y trouvaient seraient comparées au sang de ta mère et au tien, de même que le sperme trouvé dans et sur le corps de ta mère serait comparé à l'ADN des suspects.

Le tissu cutané trouvé sous les ongles cassés de ta mère serait comparé à leur ADN.

Il était possible que d'autres suspects soient arrêtés, ont dit les policiers. « Ces voyous se dénoncent les uns les autres s'ils croient pouvoir sauver leur cul. »

L'enquête policière avait commencé à ton insu, comme un grand œil qui s'ouvre.

Défense

Tels étaient les faits, les avocats des suspects y insisteraient. Bethel Maguire avait douze ans. Bethel Maguire était la proie de l'affolement, de la panique, au moment de l'agression. Bethel Maguire n'avait été témoin d'aucun acte de viol perpétré sur la personne de sa mère, puisque de son propre aveu, pendant le viol, elle était cachée dans un coin obscur du hangar.

Elle n'avait pas vu le viol. Elle n'avait vu que les visages flous, incertains, d'un certain nombre de jeunes gens, dans le parc, à l'extérieur du hangar.

Le sentier qui longeait l'étang était mal éclairé. L'intérieur du hangar ne l'était pas du tout.

Comment cette enfant peut-elle être sûre de ce qu'elle avance ? Comment la croire ? Comment une enfant de douze ans pourrait-elle prêter serment ? Comment une enfant de douze ans pourrait-elle témoigner ?

«Elle, la fille de Tina Maguire»

Dès que ta mère et toi avez été traînées dans le hangar de Rocky Point, tu as commencé à exister dans l'*après*. Jamais plus tu ne pourrais exister dans l'*avant*. Ce temps de ton enfance précédant celui où ta mère et toi êtes devenues des victimes avait disparu à jamais, aussi inaccessible qu'une scène aperçue de loin et qui se dissipe en vapeur alors même qu'on la contemple avec envie.

«Maman! Ne meurs pas maman! Maman je t'aime ne *meurs* pas.»

Tu avais cru qu'elle était morte, sur le sol du hangar à bateaux. Tu avais rampé jusqu'à elle. Jusqu'à l'endroit où ils l'avaient laissée. Tenaillée par la douleur, terrifiée. Tu t'étais cachée dans le coin le plus sombre du hangar et tu avais pressé les mains sur tes oreilles et tu avais entendu les bruits atroces de l'agression subie par ta mère et tu avais cru entendre les bruits de sa mort si bien que toute ta vie il te semblerait que ta mère était morte, et que tu avais été un témoin de sa mort qui lui aussi était mort.

Après durerait des années. Tu vis encore ces années. *Après* durerait le reste de la vie de ta mère.

Ce que tu ne comprenais pas. Ce que personne n'aurait pu te dire. Que le viol n'était pas un incident qui s'était produit un soir dans le parc à la façon aléatoire dont tombe la foudre, mais la définition même de la vie de Tina Maguire, et par extension de la tienne, après coup. Ce qui avait été Tina, ce qui avait été Bethie, fut brusquement effacé. Ta mère serait *La femme qui a été violée dans le hangar à bateaux de Rocky Point* et tu serais *Elle, la fille de Tina Maguire*.

Temps libre

Dromoor passa à St. Mary. Demanda à la réception des nouvelles de la patiente dénommée Maguire, qui se trouvait en réanimation.

La réceptionniste, très maquillée, regarda un ordinateur en fronçant les sourcils. Tapa sur le clavier à toute vitesse. Dit en fronçant les sourcils d'un air important que ces informations étaient confidentielles à moins qu'il fût un membre de la famille, était-ce le cas ?

Dromoor envisagea un instant de lui montrer son badge. De dire qu'il avait été le premier policier à voir Martine Maguire. Le premier à voir ce qu'on lui avait fait. Et que donc il avait le droit de savoir si elle allait vivre.

La réceptionniste attendait, les yeux fixés sur lui. Il était si parfaitement immobile, ses pensées avaient plongé en lui-même.

« Monsieur ? Êtes-vous un membre de la famille ? Ou... »

Dromoor secoua la tête. Pivota et s'en alla. Il fallait qu'il reste à distance, merde, il se l'était promis.

Marié et père de famille et sa femme se faisait déjà du souci à son sujet et ce n'était pas son genre, pas son genre de s'impliquer.

La veille

À St. Mary. Heures de visite de 8 h 30 du matin à 11 heures du soir maintenant que ta mère a quitté le service de réanimation pour une chambre individuelle au troisième étage.

Grand-mère paie le supplément pour la chambre individuelle, que ne couvre pas l'assurance de maman. Grand-mère et toi habitez quasiment à St. Mary, maintenant. *Mon Dieu fais que ma fille vive. Mon Dieu ne nous abandonne pas dans l'adversité. Fais que ma fille vive. Je ne Te demanderai plus jamais rien.*

Au début on ne savait pas si Tina Maguire n'avait pas perdu définitivement ce qu'on appelle avec circonspection la « conscience ». Au bout de deux jours à St. Mary, on t'avait laissée sortir mais ta mère était restée sous assistance respiratoire dans le service de réanimation, son état était « critique ». Dans le coma, parce qu'elle souffrait d'une « commotion » cérébrale. Il y avait eu de « petites hémorragies » dans son cerveau. Elle ne pouvait pas respirer toute seule. On la nourrissait par intraveineuse. Un cathéter drainait ses toxines, un mince filet liquide qui s'écoulait continuellement de son corps. Lorsqu'il parlait à ta grand-mère, le neurologue était embarrassé, évasif. C'était comme une mauvaise plaisanterie d'entendre ce professionnel en blouse blanche prononcer des phrases du genre *Nous ne pouvons qu'espérer que tout se passe au mieux*.

Tu imaginais l'espoir monter dans le ciel. Un cerf-volant fragile déchiré par les vents du lac Ontario. Tu riais, tant tu avais peur.

Puis, le matin du sixième jour de veille, ta mère a commencé à ouvrir les yeux. Elle a commencé à se réveiller, par intermittence. Tout ce jour-là et le suivant. Tu sentais que maman s'obligeait à sortir du sommeil à la façon d'un nageur brisant la surface d'une eau lourde et visqueuse comme du plomb fondu. Tu sentais ses efforts, la force tremblante de sa volonté. Ses paupières meurtries frissonnaient. Sa bouche blessée frémissait. « Maman ! » as-tu murmuré. Tu tenais l'une de ses mains glacées, grand-mère tenait l'autre. « Tina ! Nous sommes là, chérie. Bethie et moi. Nous ne te quitterons pas. Nous t'aimons. »

Ta mère a fini par se réveiller de son sommeil. Au début elle était confiante, elle ressemblait à une enfant. Ce qui lui était arrivé était vague comme une explosion, un accident de voiture ou un bâtiment s'effondrant sur sa tête. Son crâne rasé enveloppé de gaze blanche et sa peau crayeuse lui donnaient un côté nouveau-né qu'on souhaitait avant tout protéger.

L'enfance était finie et pourtant : tant que ta mère ne se rappelait pas ce qui lui était arrivé, tu pouvais te conduire comme *avant*.

Casey vint, au bout de plusieurs jours. Les traits tirés, mal rasé, étrangement timide, déglutissant avec effort. Dans la rue on savait ce qui était arrivé à Tina Maguire, dans les journaux cela avait été exprimé avec plus de délicatesse. Personne n'aurait osé dire en face à Casey *Cette Maguire, elle le cherchait.*

Ses visites étaient courtes et très embarrassées. Les mains tremblantes, il apportait des fleurs achetées en vitesse à la boutique de l'hôpital. La première fois, une douzaine de roses rouges cireuses. La deuxième, un pot de chrysanthèmes blancs enveloppé de papier d'aluminium. Le regard humide, il contemplait longuement la femme au visage enflé, aux yeux meurtris, dans son lit d'hôpital. Il aimait Tina Maguire mais on voyait qu'il était terrifié par ce que dissimulait la gaze blanche qui lui enveloppait étroitement la tête. Il était terrifié par les blessures internes, les pires, qui lui avaient été faites dans cette partie du corps que dissimulaient les draps. La dernière fois qu'il avait vu Tina Maguire, ils fêtaient tous gaiement le 4 Juillet. La dernière fois qu'il avait vu Tina Maguire, c'était une autre femme. Qui lui avait posé un baiser sur la joue en disant *Je t'adore, Casey ! Appelle-moi demain matin.*

Il n'y avait pas eu de lendemain matin. Pour Casey et Tina il n'y aurait jamais plus de lendemain matin.

La chambre se remplit de fleurs et de cartes. Même lorsque Casey cessera de venir, il enverra un bouquet acheté à la boutique du rez-de-chaussée. Une carte signée *Affectueusement, Casey.*

Quelques-unes des infirmières de St. Mary ont connu ta mère au lycée quand elle s'appelait Tina Kevecki. Elles passent la voir dans sa chambre, entraînées à ne pas manifester d'étonnement, d'effroi, d'embarras ni d'indignation à la vue d'un patient. Entraînées à lancer avec entrain : « Bonjour, Tina ! Alors, comment est-ce qu'on te traite, ici ? »

Lorsque des parents entrent dans la chambre, ce n'est pas pareil. Leurs regards se rivent sur le visage tuméfié de ta mère et sur sa tête emmaillotée. Ils cherchent des mots qui leur échappent. Les femmes prennent grand-mère à part pour lui demander avec précaution si Tina gardera le visage marqué de cicatrices. Elles l'interrogent sur les mystérieuses blessures « internes ».

Tu n'entends pas les réponses de grand-mère. Tu tâches de ne pas entendre.

Impossible de dormir sauf lorsque maman dort. Impossible de manger sauf lorsque maman mange. Impossible de sourire sauf si maman sourit de sa bouche enflée et déchirée.

Tu reviens à un comportement d'enfant, tu ne souhaites qu'une chose, te glisser dans le lit de maman et qu'elle te tienne dans ses bras. Bien que maman ne soit pas assez forte pour te tenir ni pour te réconforter ni même pour t'embrasser sauf si tu presses ton visage fiévreux contre le sien, contre sa bouche blessée.

Ton bras ! Arraché de son articulation avec un *crac !* que tu as imaginé entendre. À présent on l'a remis en place mais tu souffres encore presque tout le temps, ton bras te semble inerte comme celui d'une petite fille morte. Tu as les yeux rougis par les larmes. Ton dos, tes cuisses, tes côtés, sont couverts de bleus aux endroits où celui qui s'appelle Haaber t'a donné des coups de pied. *Où est cette petite salope, où est-ce qu'elle se planque ?* Mais dans la chambre d'hôpital de maman, tu es en sécurité, tu peux dormir. Des nappes de sommeil glissent comme des nuages. Tu souris en voyant les rêves de maman qui filent et brillent comme des vapeurs. *Maman, attends ! Emmène-moi.* Tu baisses la tête pour la poser sur tes bras croisés, sur le lit. Et brusquement grand-mère est là, dans la chambre, qui te réveille. Une infirmière apporte le dîner de maman sur un plateau, un repas spécial tout mou.

Maman te laisse l'aider à manger. Bien qu'elle y arrive toute seule, maintenant. Jus de pomme, bouillon, purée de carottes comme pour les bébés. Et de la gelée de fraises. Si délicieuse qu'elle et toi décidez que vous en ferez tout le temps lorsqu'elle reviendra à la maison.

Devant la chambre de ta mère, tu entends une infirmière demander à une autre *Cette pauvre petite, sa fille, ils ne l'ont pas violée aussi, si ?*

« Bethie ? Quelque chose nous est arrivé, hein ? Mais tu vas bien, chérie ? N'est-ce pas ? »

Maman est si angoissée que tu réponds *ouioui !*

Elle dort tellement ! Au beau milieu d'une émission à la télé, sa tête s'incline, elle s'endort. Tu voudrais te blottir contre elle. Tu voudrais que cette veille ne se termine jamais.

Un jour avec un air de reproche elle te pince le bras comme si elle venait tout juste d'y penser : « Tu n'es pas tombée du toit de la véranda, au moins ? C'est de ça qu'il s'agit ? Des feux d'artifice ont éclaté, tu as perdu l'équilibre et tu es tombée de cette satanée véranda ? »

On roule maman hors de sa chambre dans un fauteuil et on la descend à un autre étage pour lui faire passer un scanner. Tu en as passé un, toi aussi, mais tu ne te rappelles pas à quoi ça sert : quelque chose à voir avec le crâne, le cerveau.

Peut-être que les hémorragies ont cessé. Peut-être que le sang qui fuyait a été réabsorbé par le cerveau. Peut-être que maman va aller mieux bientôt. Tu ne veux pas penser plus loin que ça, pour le moment.

Encore des fleurs pour Tina Maguire. Tu les auras disposées sur sa table de chevet quand les infirmières la ramèneront. Pas un très gros bouquet, plutôt petit, bon marché. Mais il est joli : des œillets roses, rouges, blancs, et des feuilles vertes épineuses. Lorsque maman revient, tu lui montres la carte, tout excitée.

En espérant que vous serez bientôt remise, Tina.
Votre ami
J. Dromoor

Mais maman plisse les yeux, incapable de lire. Et elle est désorientée, soupçonneuse. Quand tu lui expliques que la carte est signée « Dromoor », elle répond qu'elle n'a pas d'ami de ce nom-là. Elle dit, en élevant la voix : « Je ne veux de la pitié de personne, Bethie. *Dis-le-leur.* »

Deux policiers en civil entrent dans la chambre. Promettent de ne pas rester longtemps. De ne pas fatiguer ni agiter la malade. Juste quelques questions à poser. Quelques photos de « suspects » à lui montrer.

À ce moment-là, des suspects ont été arrêtés. Des poursuites ont été engagées. La caution de chacun des huit jeunes hommes en détention a été fixée à 75 000 dollars.

Le douzième jour de son séjour à St. Mary, Tina Maguire commence à se rappeler confusément ce qui lui est arrivé. Tu vois parfois une expression angoissée sur son visage, sa bouche qui s'ouvre dans un cri silencieux. Elle sait maintenant que ce n'était pas un accident de voiture. Que ce n'était pas un accident. Elle sait que tu étais là mais que tu n'as pas été blessée aussi gravement qu'elle. Elle sait que c'est arrivé le 4 Juillet, dans le parc. Elle a entendu le mot *agression*. Il est possible, étant donné la nature de ses blessures, qu'elle pense *viol*. Mais ses connaissances sont vagues. Elle est si confiante, si pleine d'espoir. Les policiers lui parlent avec patience, comme s'ils s'adressaient à une enfant effrayée. « Je ne s… sais pas, murmure-t-elle, en se mettant à trembler. Je suis désolée, *je ne sais pas* ! » Ils n'arrivent à rien en lui montrant les photos des suspects, car les yeux injectés de sang de Tina se remplissent si vite de larmes qu'elle en est quasiment aveugle.

Et si fatiguée ! En plein entretien avec ces inconnus mal à l'aise, Tina Maguire s'endort.

Dans le couloir, ta grand-mère exige de savoir quand *ces animaux* seront envoyés en prison.

La veille à St. Mary. La fin de ton enfance.

Petits sommes. Repas sur plateau. Télé l'après-midi. Maintenant que ta mère peut prendre des repas à demi solides, l'appétit lui revient. On lui a enlevé le pansement qui lui couvrait la tête, son cuir chevelu est tendre, rose pâle, presque chauve, mais couvert d'un duvet blond fin comme un duvet d'oisillon. Maman est enfin débarrassée de ce satané bassin qu'elle détestait, elle va aux toilettes d'un pas lent, chancelant, résolu, en s'appuyant lourdement sur toi et en tirant la perche du goutte-à-goutte. Elle dit en plaisantant qu'elle pourrait s'esquiver comme ça de l'hôpital, rentrer à la maison.

À la maison ! À quoi maman pense-t-elle ?

De longues journées qui laissent lentement place au crépuscule, et à la nuit. La routine d'un hôpital. La routine de la convalescence. Tous les soirs à

23 heures, ta grand-mère et toi quittez la chambre de ta mère, alors qu'elle dort déjà. Vous saluez les infirmières de l'étage qui te sourient, trouvent que tu es une petite fille courageuse, comme ta mère est une femme courageuse qui a lutté pour vivre et lutte maintenant pour guérir. Tu ne souhaites pas penser une fraction de seconde que qui que ce soit à St. Mary – le personnel infirmier, les aides-soignants et les gardiens, les vendeurs de la boutique de cadeaux, les serveurs de la cafétéria, la réceptionniste maquillée de l'accueil – ne t'aime pas, te veuille du mal.

Des parents des suspects. Des amis, des voisins.

Des petites amies.

Cette femme. C'était couru. Elle le cherchait, cette garce.

Habillée comme une pute. Sa parole contre la leur.

Qui sait ce qui se passait dans ce parc en pleine nuit ?!

Tu as vu les yeux. Qui glissent sur toi et sur ta grand-mère Agnes Kevecki. Tu as vu, et vite détourné le regard.

Grand-mère ne semble rien remarquer. Pas grand-mère ! Elle est convaincue que tout Niagara Falls est de son côté et veut que *ces animaux* soient mis hors d'état de nuire pour longtemps.

Dans l'ascenseur la panique te frappe au ventre, chaque soir. Quand tu quittes la chambre de ta mère. La sécurité de cette chambre. Ta veille. Le regard fixé sur les chiffres au-dessus de la porte qui s'illuminent de droite à gauche pour indiquer l'étage pendant que vous descendez au rez-de-chaussée. Cette sensation soudaine de nausée au creux de l'estomac lorsque la porte coulisse sans bruit.

« Grand-mère. J'ai si peur ! »

Grand-mère ne t'entend pas. Perdue dans ses propres pensées.

L'ennemi. Qui t'attend. Lorsque tu quittes l'hôpital, que tu rentres dans la maison de Baltic Avenue. Parce que bien sûr ils savent où tu habites. Ils savent où habite ta mère : la maison de la 9e Rue.

Ils savent tout de Tina Maguire. Les Pick, les Haaber, les DeLucca, les Rickert. Ce sont des familles de l'East Side. Ils ont beaucoup de parents. Ils sont plus nombreux que les Kevecki et les Maguire. Beaucoup plus nombreux.

La femme des services familiaux dit qu'il ne faut pas s'inquiéter.

Les policiers disent qu'il faut leur faire confiance. Qu'il ne faut pas s'inquiéter.

Une audience est prévue pour le mois prochain. (Mais elle sera reportée. Tu apprendras que tout ce qui est en rapport avec les tribunaux, la justice, les questions de droit, les avocats est reporté. Et reporté à nouveau.) Une audience n'est pas un procès mais la préparation d'un procès. Devant le tribunal, il faudra que tu répondes à des questions auxquelles tu as déjà répondu bien des fois. Tu as raconté et re-raconté tout ce dont tu te souvenais jusqu'à être malade de le raconter, malade au souvenir de ce qu'il te faut raconter et re-raconter à des inconnus qui ont toujours l'air de douter de ce que tu dis, qui te regardent d'un air renfrogné, en pesant la validité du témoignage de Bethel Maguire.

Si Tina Maguire est suffisamment remise, elle devra répondre à des questions lors de l'audience. Le témoignage de ta mère est plus crucial que le tien, c'est ce que t'ont dit les policiers. Sans son témoignage, les preuves contre les suspects seront indirectes, faibles.

Tu ne sais pas pourquoi. Tu ne comprends pas pourquoi. Ils ont fait tellement de mal à ta mère, ils l'ont battue, lui ont déchiré le ventre et l'ont laissée se vider de son sang sur le sol du hangar à bateaux.

Oui, mais il faut que ce soit prouvé. Devant un tribunal.

Il ne suffit pas que ce soit arrivé. Que Tina Maguire ait failli mourir. Il faut aussi que ce soit prouvé.

« Grand-mère, j'ai peur...

– De quoi, chérie ? Du parking ? Ma voiture est garée bien en vue. Nous sommes arrivées de très bonne heure. »

Grand-mère t'aime, mais grand-mère ne peut pas te protéger. Comment pourrait-elle le faire ? Une femme vieillissante qui n'est pas vraiment en bonne santé, elle non plus, et qui vit seule dans sa maison de brique rouge de Baltic Avenue, à cinq minutes en voiture du quartier délimité par la 12e Rue et Huron Avenue où habitent les suspects et leurs familles. La police a interdit aux « suspects » de s'approcher de la maison de ta grand-mère ou de celle de ta mère, d'aborder ou d'essayer de prendre contact avec un membre quelconque de ta famille, et cependant : ils sont l'ennemi, ils sont en liberté sous caution, ils aimeraient bien te réduire au silence. Tu les connais.

Tu te souviens d'eux pendant l'attaque. Se ruant sur toi, hilares et ricanants. Une meute de chiens sauvages. Dents, yeux brillants. *Merde, on aurait dû les tuer toutes les deux, ces salopes. Quand on les avait sous la main.*

Le plan est le suivant : lorsque ta mère pourra quitter l'hôpital, elle viendra habiter chez grand-mère, comme c'est déjà ton cas. Grand-mère engagera une garde-malade pour aider maman le temps qu'il faudra. Et un kinésithérapeute viendra plusieurs fois par semaine pour aider maman à remarcher. Grand-mère est veuve depuis douze ans, elle a appris à affronter ce qu'elle appelle les réalités inévitables de la vie et elle ne prévoit donc pas d'ennuis : *ces animaux* sont coupables, *justice sera faite*, ils seront jugés, reconnus coupables, condamnés à la prison *pour très longtemps*. Grand-mère a prononcé ces mots si souvent et si énergiquement, devant tellement de gens, qu'ils ont pour elle valeur de prophétie.

Lorsque tu es avec grand-mère, tu essaies de croire.

Insulte

Ray Casey buvait. Il faisait les bars de Huron Avenue. On raconterait que le pauvre type cherchait la bagarre.

Depuis *ce-qui-était-arrivé-à-Tina*, Casey vivait des moments difficiles. Difficile de dire à Tina qu'il l'aimait, difficile de rester dans la même chambre que Tina. S'il la touchait, il risquait de lui faire mal. Il savait qu'elle souhaitait être réconfortée, et il avait envie de la réconforter. Mais il avait peur de la toucher, ne sachant pas si elle allait grimacer, ou essayer de ne pas grimacer, lui sourire de ce sourire contraint qui voulait dire qu'il lui faisait mal, il était si maladroit. Il lui avait acheté de jolis foulards de soie aux couleurs vives, pour sa pauvre tête chauve qu'elle ne voulait pas montrer avant que ses cheveux aient mieux repoussé, disait-elle. Il lui avait acheté une corbeille de fruits, des fleurs. Mais Casey avait sa propre famille à Corning. Ah ! ces coups de téléphone. Il fallait qu'il s'occupe de la mère cinglée de ses gosses. Il fallait qu'il s'occupe de trois gosses en pleine crise d'adolescence. Sa fille de seize ans qui s'était coupée, qui avait menacé de se tuer. Il fallait qu'il paie ces putains de factures. Qu'il supporte son putain de patron. Qu'il supporte la façon dont les gens du quartier le regardaient. Lui, Ray Casey, dont la maîtresse Tina Maguire avait été violée dans le parc de Rocky Point.

Difficile de savoir quoi faire. Chaque putain de minute de sa vie éveillée, Ray Casey essayait de savoir quoi faire.

Alors il allait boire dans Huron Avenue. Tout seul. À la Mack's Tavern où traînaient les Pick et leurs amis. Une bagarre éclate un vendredi soir, pas avec l'un des Pick ni avec aucun des suspects, mais avec un type nommé Thurles, un cousin des Pick, Casey le frappe le premier et lui casse le nez et ils s'envoient des méchants coups de poing maladroits qui les mettent aussitôt en sang et quelqu'un appelle les flics, et deux poulets en uniforme les séparent et tout le monde au bar dit que c'est Casey qui a commencé, qu'il est entré chez Mack déjà bourré et cherchant la bagarre. Dans la voiture de police, le plus jeune des flics demande à Casey si c'est à cause de Tina Maguire et Casey ne peut pas répondre tout de suite. Casey essuie sa bouche en sang sur des paquets de Kleenex que les flics lui ont donnés. Le jeune flic repose la question en prononçant avec soin *Ti-na Ma-guire* et Casey dit que oui peut-être. Peut-être que c'est à cause d'elle. Et le flic dit : « Il ne faut pas faire ça. C'est une erreur de faire ça. Quand il y a des témoins. » L'autre flic est compatissant, lui aussi, mais dit qu'il faut quand même qu'ils l'emmènent au poste. Le jeune flic dit : « Pourquoi ? »

« Pourquoi »

Un jour, elle a su. Une heure.

Il devait y avoir une fenêtre ouverte. Et un insecte, un oiseau, est entré, des ailes affolées battant contre son visage.

Elle s'est rappelé à ce moment-là. Pas tout, mais assez.

À travers les murs de plusieurs pièces tu l'as entendue crier comme si on l'avait de nouveau frappée.

La semaine qui a suivi sa sortie de l'hôpital. Quelques jours après que Casey était arrivé à la maison, le visage enflé comme de la viande crue, et tâchant de tourner ça à la plaisanterie en disant qu'il s'était cogné contre une putain de porte. Et la kinésithérapeute, une grosse fille, se conduisait bizarrement avec Tina, pas avec gentillesse comme on s'y serait attendu, pas comme les infirmières de St. Mary, mais étrangement renfrognée, et faisant mal à Tina quand elle massait ses muscles atrophiés, comme si elle méritait d'être punie parce qu'elle se laissait aller.

Tu as couru dans la chambre. Maman, qui marchait avec sa canne, s'était assise au bord d'une chaise et se balançait lentement d'avant en arrière, les poings pressés contre les yeux. Tu as vu alors clairement que Tina Maguire n'était plus la femme que les autres femmes enviaient, ou qu'elles regardaient avec intérêt et admiration dans la rue. Tu as vu qu'elle ne voulait pas que tu t'approches, que tu la touches.

« Pourquoi ? Pourquoi voulaient-ils me faire du mal ? »

« Salope t'as intérêt »

SALOPE T'AS INTÉRÊT À FAIRE TES PRIÈRES PUTAIN T'AS INTÉRÊT À PRIER À GENOUX AU LIEU DE SUCER DES BITES

Ce message, gribouillé en lettres noir goudron sur un morceau de carton sale, Tina Maguire le trouva appuyé contre la porte latérale de la maison de sa mère, trois jours avant l'audience.

Depuis le viol, Tina ne pouvait pas toujours se fier à sa vue. Quand la lumière était bonne, elle voyait presque aussi bien qu'avant, mais si la lumière était brumeuse ou masquée ou si, comme dans ce cas-là, Tina était prise au dépourvu, ses yeux se noyaient de larmes. Elle regarda fixement le message, le lut et le relut en essayant de le comprendre. La haine qu'il exprimait.

Elle plia le bout de carton en deux. Elle le fourra dans l'une des poubelles en plastique posées contre le mur de la maison. Elle n'en parlerait à personne, souhaitant croire que c'était peut-être une erreur, un message destiné à une autre femme habitant dans une autre maison de Baltic Avenue.

Secrets

Dans le 7-Eleven, tu les as vues. Leurs yeux sur toi. « “Bethel Maguire”. C’est *toi* ? »

Elles te dévisageaient sans sourire. Ton nom avait été prononcé avec mépris.

La plus costaud des filles, en sweat-shirt, jean et baskets de garçon, a marché sur toi, t’a donné une bourrade du plat de la main.

« T’as intérêt à faire gaffe à ce que tu racontes, salope. T’as intérêt à pas dire du mal de mes frères, salope. Parce que ce qu’ils ont commencé là-bas dans le parc, ils vont le finir, si toi et ta salope de mère vous la fermez pas. »

Tigerlily, la chatte orange à poils longs de grand-mère. Elle avait disparu depuis trois jours. Tu la cherchais dans le quartier, tu frappais aux portes. Grand-mère était dans tous ses états, jamais tu ne l’avais vue comme ça. Debout sur la véranda, elle appelait *Minou-minou-minou-minou !* d’une voix triste et pleine d’espoir.

Tu ne voulais pas penser qu’on avait pris Tigerlily. Tu voulais penser qu’elle s’était perdue. Tu voulais penser que, si Tigerlily avait été heurtée par une voiture et qu'elle ait rampé quelque part pour y mourir, c'était juste une coïncidence que l'audience soit prévue pour cette semaine-là.

Tu as fini par trouver son cadavre tout raide dans la ruelle parallèle à Baltic Avenue. À trois maisons de celle de grand-mère. Ses yeux jaune doré étaient ouverts et vides. Ses moustaches blanches étaient raides de sang. L'épais collier de poils duveteux autour de son cou, que tu avais aimé caresser, était raide de sang. Tu n'as pas pu déterminer comment Tigerlily était morte, comment ils l'avaient tuée. Peut-être avec une pierre. Ou peut-être à coups de pied. Ce n'était pas un gros chat, quelques coups avaient dû suffire.

Tu t'es rappelé l'exclamation déroutée de ta mère :

« Pourquoi ? Pourquoi voulaient-ils me faire du mal ? »

Tu t'es mise à pleurer, Tigerlily dans les bras. Tu l'enterrerais dans le jardin de derrière, en secret. Tu ne dirais rien à grand-mère, qui continuerait à appeler *Minou-minou !* quelques jours encore.

L'audience : septembre 1996

« Merde. »

Dromoor savait que cela allait mal se passer. Tout son instinct lui faisait regretter d'être là.

Il voyait qui était l'avocat principal de la défense. Il connaissait la réputation de cet homme à Niagara Falls et à Buffalo.

Il voyait la foule, hostile dans son ensemble, qui était entrée en se bousculant dans la salle, avait occupé tous les sièges disponibles dès 8 h 40 du matin. Un jour de semaine.

Il voyait les prévenus. Tous étaient rasés de près. Celui dont la libération conditionnelle avait été annulée portait une combinaison orange marquée PRISON POUR HOMMES D'OLEAN, qui lui donnait un côté cérémonieux clownesque. Les autres étaient vêtus avec soin, costumes, chemises, cravates, chaussures cirées. Ils étaient allés chez le coiffeur. Leurs tatouages ne se voyaient pas. Même les Pick, avec leurs traits grossiers, ne ressemblaient plus que de très loin aux voyous arrêtés par la police le matin du 5 juillet.

Il voyait Tina Maguire. Et sa fille, Bethel.

Les principaux témoins de l'accusation : les victimes.

Tina Maguire portait des lunettes sombres qui mettaient une touche de glamour incongrue dans ce cadre guindé, et elle avait noué sur sa tête un foulard de soie à motif floral qui donnait une impression d'innocence enfantine, de frivolité. Un épais maquillage dissimulait les cicatrices de son visage. Sa bouche était rouge comme un caillot de sang. La procureure adjointe chargée de l'affaire lui avait probablement conseillé de mettre des vêtements classiques, et Tina Maguire portait donc une jupe bleu marine et une petite veste ample très convenable, un chemisier de soie blanche au-dessous. Elle avait des chaussures à talons plats. Elle entra dans la salle d'un pas hésitant et raide, à la façon d'une aveugle que l'on guide sur un terrain glissant. Elle s'appuyait sur sa fille qui paraissait plus âgée que Dromoor ne se le rappelait, comme si au cours des neuf courtes semaines qui s'étaient écoulées depuis le 4 Juillet la petite fille avait rapidement et anormalement mûri. Tina Maguire avait un air vague et hébété, et ses lèvres esquissaient peut-être un sourire. Elle trébucha une ou deux fois, la procureure adjointe lui prit aussitôt le bras. Elle semblait ne voir personne, pas même la procureure, qui lui parlait avec animation. Elle ne sembla pas prêter attention aux nombreux jeunes gens qui, à la table de la défense, la regardaient avec un ressentiment et une haine non dissimulés. Elle ne fit pas immédiatement attention à une femme agitée assise au premier rang des spectateurs, la mère des prévenus Marvin et Lloyd Pick, qui, rouge d'indignation, marmonnait des mots à peine audibles à l'intention de Tina Maguire : « Garce ! Putain ! Menteuse ! »

Des huissiers s'avancèrent aussitôt pour menacer la perturbatrice d'expulsion. On ne sut pas d'abord si elle allait se taire, d'autres membres de la famille essayaient de la calmer, elle repoussa avec colère un bras qui tentait de la retenir, injuria les huissiers d'une voix basse furieuse et quasiment dans le même instant se retrouva debout, tirée dans l'allée, entraînée vers la sortie, tandis qu'une femme plus jeune, corpulente, manifestement une parente, bousculait les gens pour la rejoindre, en criant : « Ils n'ont rien fait ! Ils sont innocents. C'est un putain de coup monté ! C'est la Gestapo ! »

À côté de Dromoor, Zwaaf s'agita sur son siège. « Bordel de Dieu. Et ce n'est même pas le procès. »

Écoute : ne t'en mêle pas. Les emmerdes qui arrivent à ces gens ne sont pas les tiennes.

Mais il était trop tard. Depuis qu'il avait vu la petite fille hébétée et couverte de sang au bord de la route, dans Rocky Point, et depuis qu'il avait vu la femme brisée et couverte de sang sur le sol crasseux du hangar à bateaux, il était trop tard.

« Messieurs, la cour. »

Le juge fit son entrée. Il respirait vite, comme s'il avait couru. Lui aussi avait le visage rouge d'indignation, il avait été informé de l'incident qui s'était produit dans sa salle de tribunal mais ne voulait rien en laisser paraître.

Il s'appelait Schpiro. Il était âgé de cinquante-cinq ans, petit, et portait des lunettes cerclées d'acier à l'éclat acéré. Dans sa robe noire pompeuse, il était trapu comme une borne d'incendie. Si Schpiro n'avait pas été un juge présidant une salle de tribunal et investi du pouvoir de changer irrévocablement les vies, personne ne l'aurait regardé deux fois. Sa grimace de bouledogue grincheux indiquait qu'il avait conscience de ce fait et qu'il ne tolérerait aucun écart dans sa salle de tribunal. C'était un politicien, un homme habile. Il connaissait la nature explosive de l'affaire sur laquelle il était appelé à statuer et il ne commettrait pas d'erreur s'il pouvait l'éviter. Dromoor remarqua que Schpiro reconnaissait d'emblée la totalité des auxiliaires de justice présents dans la salle : accusation, défense. À l'exception de la procureure, assise à côté de Tina Maguire, tous étaient des hommes. Schpiro n'adressa un signe de tête qu'à l'un d'entre eux, l'avocat principal de la défense, Kirkpatrick. Ni l'un ni l'autre ne sourirent. Mais Dromoor remarqua le regard qu'ils échangeaient, un regard indiquant une entente subtile, du respect. Il se dit *Les salopards. Ils sont sûrement membres du même yacht-club.*

La procureure Diebenkorn se leva pour s'adresser au juge Schpiro. Son attitude était déférente, circonspecte. C'était une femme d'un âge indéterminé : plus vraiment jeune, pas encore entre deux âges. Lorsque, par nervosité, elle parlait trop vite, Schpiro lui disait : « Ne galopez pas comme ça, madame le procureure ! », ce qui provoquait de petits gloussements parmi les spectateurs. Dromoor jugea qu'il était mauvais signe que Schpiro cherche à mettre la foule de son côté. Diebenkorn était le faire-valoir rêvé. Elle était sérieuse, morale. Elle portait un tailleur gris anthracite démodé, au pantalon évasé. Ses cheveux bruns étaient frisés et permanentés. Elle devait présenter le dossier de l'accusation en nommant chacun des nombreux prévenus, en précisant les charges portées contre eux de sa voix monocorde et nasale. Ce serait une affaire compliquée, nécessitant une procédure légale compliquée. Dromoor se demandait pourquoi le ministère public demandait un procès unique avec un jury unique. Les dépositions des témoins oculaires – les deux victimes – incriminaient cinq des inculpés. Les tests ADN et d'autres preuves médico-légales incriminaient ces mêmes inculpés, plus trois autres. Un neuvième inculpé, qui n'assistait pas à cette audience, avait avoué son rôle dans le crime et témoignerait contre ses complices ; une transcription de sa déposition serait présentée à Schpiro. Diebenkorn déclara que le crime avait été une agression sexuelle d'une brutalité insigne… un « viol collectif ». L'agression avait été commise contre une femme en présence de sa fille de douze ans qui avait également été agressée et menacée de viol. Elle avait duré longtemps, presque une demi-heure. Elle avait été préméditée, car, selon la déposition du témoin, les violeurs avaient suivi leurs victimes dans le parc de Rocky Point pendant une dizaine de minutes. Il y avait eu intention de tuer, puisqu'on avait laissé Martine Maguire se vider de son sang, sans connaissance, sur le sol d'un hangar à bateaux, dans un endroit écarté du parc. Si la fille de Mme Maguire, Bethel, n'avait pas été là, terrifiée et cachée dans un coin du hangar, Martine Maguire ne serait pas en vie pour affronter ses assaillants et témoigner contre eux. Cela étant, elle avait subi des blessures graves qui avaient nécessité sa mise sous assistance respiratoire, puis plusieurs semaines d'hospitalisation à St. Mary, et elle n'était toujours pas entièrement remise de cette agression. « La présence de Mme Maguire aujourd'hui dans cette salle d'audience tient du miracle, monsieur le président. »

Dromoor observait Tina Maguire, et il la vit se raidir. Cela devait être terrible d'entendre parler de soi ainsi. Viol collectif, intention de tuer, vider de son sang. C'était horrible.

À côté de Tina Maguire, sa fille. Dromoor avait lui aussi une fille, maintenant, âgée de deux ans. Seigneur ! Il ne supportait pas d'y penser, il tuerait de ses mains nues quiconque menacerait seulement de lui faire du mal.

Il espérait de tout cœur que le ministère public négocierait un arrangement avec ces salopards pour éviter un procès. On ne pouvait pas sérieusement attendre de Bethel Maguire qu'elle témoigne devant un tribunal. Qu'elle subisse des contre-interrogatoires menés par des avocats comme ce chacal de Kirkpatrick.

Il vit la petite fille le regarder. Des yeux sombres effarés. Il se demanda si elle se souvenait de lui.

Dromoor se rappelait le moment où Bethel Maguire lui était apparue au bord de la route, dans le parc de

Rocky Point. Les cheveux en bataille, couverte de sang. Les vêtements déchirés. Il avait eu l'estomac retourné à l'idée qu'elle avait été violée. Elle l'avait regardé avec un espoir si désespéré. Comme si lui, un agent de police faisant sa ronde habituelle, envoyé par hasard sur le lieu d'un crime, avait véritablement le pouvoir de l'aider.

Ma mère est blessée ! Aidez-la s'il vous plaît ! J'ai peur que ma mère meure s'il vous plaît aidez-la !

À partir de ce moment-là, Dromoor avait été entraîné.

Comme si leurs vies s'étaient emmêlées à la sienne, Dieu sait pourquoi.

Comme des lignes de pêche emmêlées. Nouées ensemble.

Dromoor avait vu beaucoup de choses. Des choses horribles. Il en avait commis quelques-unes lui-même. Des choses qu'on imagine ne pas pouvoir oublier, et qu'il avait pourtant oubliées. Mais pas cette petite fille, ni sa mère dans le hangar à bateaux.

L'audience se poursuivit. Les interruptions furent nombreuses. Un avocat est avant tout une bouche, comme un requin est une bouche, reliée à un long tube digestif. Le boulot des avocats consiste à parler, à s'interrompre les uns les autres, à se dévorer les uns les autres si possible. Dromoor qui, comme tous les flics, détestait comparaître devant un tribunal venait de prêter serment, de commencer le court récit de son intervention sur le lieu du crime, quand la voix sèche de Schpiro l'interrompit : « Excusez-moi, monsieur Dromoor. »

Dromoor dut regarder le juge d'un air ébahi, car un gloussement parcourut la salle.

« "Mon coéquipier et moi", monsieur Dromoor. Pas "Moi et mon coéquipier". »

Dromoor savait qu'il était censé répondre. Il était censé dire quelque chose de conciliant qui inclurait les mots *monsieur le président*. Mais il garda le silence.

Schpiro dit, avec un air de patience morne : « Continuez, monsieur Dromoor. "Mon coéquipier et moi". »

Dromoor sut donc dès le début que les choses se passeraient mal pour l'accusation.

De sa voix nasale sérieuse et monocorde, Diebenkorn présenta son dossier dans ses grandes lignes. Il apparut vite qu'elle avait le tic de dire « monsieur le président » à tout bout de champ, à quoi Schpiro répondait poliment : « Je suis là » ou « Oui, j'écoute ». L'air d'impatience à peine contenue avec lequel le juge l'écoutait rendait la procureure encore plus nerveuse. Elle s'interrompit pour feuilleter des dossiers, des documents. Elle s'entretint avec ses collègues. Il y avait quantité de témoignages concernant les preuves génétiques et médico-légales, car si ces preuves existaient pour plusieurs des prévenus, elles n'étaient pas encore disponibles ou manquaient pour d'autres ; lorsqu'il y avait témoignages oculaires, il n'y avait pas invariablement preuves médico-légales. Les preuves seraient en partie indirectes. Chacun des prévenus posait un problème. Un seul d'entre eux avait avoué, et il n'avait avoué que l'agression, pas les coups et blessures ni le viol. Il avait donné des noms de coupables pour le viol mais s'était épargné lui-même. Les avocats de la défense contestaient son témoignage, en affirmant qu'il avait menti en échange de chefs d'inculpation moins lourds ; il avait un casier judiciaire et ferait un piètre témoin pour l'accusation. À cela s'ajoutait que d'autres personnes impliquées dans le viol et l'agression n'avaient pas encore été identifiées ni appréhendées. Schpiro dit sèchement : « En cas de procès, le ministère public présentera son dossier de façon plus complète, je présume ? »

Réprimandée, Diebenkorn murmura : « Oui, monsieur le président. »

En temps ordinaire, Dromoor se serait déjà éclipsé. Zwaaf, lui, était parti. Mais quelque chose retenait Dromoor, une curiosité morbide, et le sentiment d'appréhension de qui va assister au déraillement d'un train.

« Madame Maguire. Le soleil n'est pas si vif ici que vous ne puissiez ôter vos lunettes. »

Schpiro parlait poliment mais d'un air impatient. C'était un juge très sourcilleux quant à toute manifestation de frivolité dans sa salle d'audience. Les lunettes noires avec leur glamour pathétique, le foulard à motif floral que la victime avait noué autour de sa tête pour dissimuler ses quelques touffes de cheveux le contrariaient.

Tina Maguire retira maladroitement ses lunettes, qui lui échappèrent des mains. Respirant par la bouche, Diebenkorn se baissa pour les ramasser.

Elle expliqua à Schpiro que, depuis ses blessures, Mme Maguire avait les yeux extrêmement sensibles à la lumière. Schpiro exprima une compassion mesurée et dit que Mme Maguire pourrait fermer les yeux à demi. Guidée par Diebenkorn, Tina fit une déposition abrégée, s'exprimant avec lenteur, avec hésitation et de façon peu cohérente. Il était évident qu'elle avait subi des lésions neurologiques ; elle s'arrêtait souvent plusieurs secondes pour chercher le mot exact. Elle n'avait retrouvé qu'une mémoire partielle du viol. Elle n'avait été capable de reconnaître formellement que trois des violeurs. Lorsque Diebenkorn lui demanda si ces personnes se trouvaient dans la salle, Tina ne put répondre immédiatement. Elle enfouit le visage dans ses mains. Elle s'essuya les yeux. D'une voix presque inaudible, elle murmura que oui. Mais lorsqu'il lui fut demandé de les désigner, elle hésita un long moment avant de s'exécuter.

D'une main tremblante, Tina désigna Marvin Pick, Lloyd Pick et Jimmy DeLucca, qui étaient assis à la table de la défense et la fixaient, le visage figé. Au poste de police, elle avait identifié Haaber et non DeLucca. La confusion venait en partie des coupes de cheveux et des vêtements similaires des prévenus. Leurs avocats leur avaient recommandé de se ressembler le plus possible. Haaber avait porté une petite moustache au moment du viol, et il avait eu les cheveux beaucoup plus longs. Tina parut s'apercevoir de son erreur, un murmure d'indignation courut instantanément parmi l'assistance, mais elle fut incapable de bégayer une rectification.

Sa fille Bethel s'exprima avec plus de clarté. Mais elle tremblait de façon visible. Les yeux rivés sur Diebenkorn comme si regarder ailleurs la terrifiait. De temps à autre, Schpiro l'interrompait pour lui demander de parler plus fort, mais sans se montrer sarcastique à son égard. Le juge ne souhaitait pas donner l'impression de manquer de compassion envers une enfant victime d'une agression sexuelle violente, du moins pas au cours de l'audience préliminaire.

Kirkpatrick s'adressa au juge.

La réfutation des accusations portées contre les inculpés était simple : il n'y avait pas eu de viol.

Pas de viol ! Absolument aucun.

Certes il y avait eu des rapports sexuels. De nombreux rapports sexuels. Mais ils avaient été entièrement consentis. Martine Maguire connaissait chacun des prévenus et était « bien connue » d'eux. Les rapports avaient été vénaux et les choses avaient mal tourné (Maguire avait voulu davantage d'argent qu'on ne lui en avait promis, ou les jeunes gens n'en avaient pas eu suffisamment sur eux, ce point du désaccord n'était pas tout à fait clair) et la prétendue victime, qui avait bu, avait agressé ses jeunes clients, d'abord verbalement, puis physiquement. Les jeunes gens, qui reconnaissaient avoir agi sous l'empire de la boisson et de substances inscrites au tableau, s'étaient défendus quand elle les avait attaqués, mais ils ne l'avaient pas blessée gravement ; ils avaient quitté le hangar, et d'autres jeunes gens, non identifiés, y étaient alors entrés, attirés par le tapage. Les coups et blessures ainsi que le viol avaient dû survenir à ce moment-là.

« Ces agresseurs, la police doit encore les identifier et les arrêter. »

Quant à la fille de Maguire qui s'était soi-disant cachée dans un coin du hangar au moment des ébats sexuels de sa mère : « Mes clients et leurs compagnons ignoraient tout de sa présence. Ils ne se doutaient évidemment pas de la présence d'une fillette de douze ans ! Il semble qu'elle se soit blessée en rampant dans la partie servant d'entrepôt. Dans son témoignage, elle reconnaît ne pas avoir "activement vu" les actes de viol, mais les avoir seulement entendus, ou cru les entendre. C'était une enfant déboussolée, effrayée, dont la mère était assez dénaturée pour l'avoir emmenée dans une beuverie effrénée, le soir du 4 Juillet, puis, à minuit, dans le parc de Rocky Point, où elle avait rendez-vous avec des jeunes gens du quartier qu'elle connaissait bien et à qui elle faisait effrontément des avances. Cette fillette est une victime, oui : la victime de la négligence scandaleuse de sa mère. Elle était bouleversée au moment du prétendu viol et il se peut qu'elle ait ensuite été volontairement induite en erreur par Maguire. Son témoignage, comme celui de sa mère, est entièrement fabriqué et trompeur. Ainsi que l'établiront les preuves et les témoignages de mes clients… »

La salle était sous le choc. Un choc à retardement, comme après un bang supersonique.

Puis, montant des bancs du public, des exclamations et quelques applaudissements. Aussi pris au dépourvu que les autres, Schpiro mit plusieurs secondes à abattre son marteau, quand il apparut que la situation risquait de dégénérer. « Silence ! Ou je fais évacuer la salle ! »

Tina Maguire protestait, incrédule. Diebenkorn tâchait de la calmer. Les spectateurs des premiers rangs donnaient de la voix. Certains sympathisaient avec Tina Maguire et étaient furieux pour elle ; d'autres lui étaient hostiles et jubilaient. Plusieurs s'étaient levés. Diebenkorn et un autre procureur adjoint aidaient Tina Maguire comme si elle allait s'effondrer ou se débattre. Des huissiers et des gardiens se précipitèrent. Schpiro fut obligé de faire évacuer sa salle, finalement : empourpré, indigné, donnant des coups de marteau et criant des « Assez ! Assez ! » que personne n'entendait. Aux informations du soir, on apprendrait que *L'atmosphère s'était échauffée au point de devenir incontrôlable*.

Dromoor avait assisté au déraillement. Profondément écœuré, il s'esquiva.

Deuxième partie

Le vent nous rend fous

Au bord des Chutes, elle se pencha par-dessus le garde-fou. Le vent lui soufflait des embruns froids au visage. En l'espace de quelques secondes, ses vêtements furent trempés et collèrent à son corps maigre. Les touristes la prenaient pour une femme ivre, droguée ou dérangée, et restaient à distance. Elle portait autour de la tête un foulard de soie qui se dénoua sous l'effet du vent, glissa et s'envola au-dessus des eaux grondantes ; sans le foulard, on découvrit que ses cheveux poussaient par touffes, clairsemés, incolores. On la prit alors pour une femme malade, qui avait peut-être perdu ses cheveux après une chimiothérapie.

Elle avait le visage d'une pâleur de craie, on avait l'impression d'un masque qui, lui aussi, pouvait lui être arraché et voler dans les eaux écumeuses.

Un génie !

La parole de cette femme contre la leur. Tout le monde peut crier au viol. Un doute raisonnable, c'est tout ce qu'il faut à un jury. Qui peut prouver, réfuter ? Ce Kirkpatrick est un génie, non ? Le meilleur avocat au criminel dans cette partie de l'État de New York. Naturellement vous serez obligés de refinancer votre crédit immobilier, de vendre votre deuxième voiture. Mendier, emprunter ou voler, ses services ne sont pas donnés. Mais c'est le type à appeler quand vous êtes dans la merde jusqu'au cou.

La femme brisée

Ce fut la fin pour Tina Maguire, elle ne le supporta pas. Plus question qu'elle témoigne. Plus question qu'elle remette les pieds dans une salle d'audience. Impossible de faire encore confiance à un putain de procureur, à un putain de juge. On pouvait l'assigner à comparaître, la menacer d'une condamnation pour outrage à la cour, *elle n'irait pas.*

Après l'audience, ce jour-là, elle s'était effondrée et il avait fallu l'hospitaliser de nouveau parce qu'elle était en état de choc, souffrait d'épuisement. On diagnostiqua une anémie. On diagnostiqua une dépression grave. On diagnostiqua un état suicidaire. On lui prescrivit un régime d'antidépresseurs qu'elle cessa de prendre au bout de quelques semaines. Elle alla voir une cellule de soutien, des psychothérapeutes, mais renonça vite. Elle était trop fatiguée pour sortir de son lit, le matin. Elle était trop fatiguée pour se doucher, se laver les cheveux. Elle refusait de voir les amies qu'elle connaissait depuis le lycée. Elle ne voulait même plus parler à Casey au téléphone. Elle refusait souvent de voir sa propre mère, chez qui elle habitait.

Elle refusait souvent de te voir.

Laisse-moi tranquille tu veux. Je suis malade. Je suis tellement fatiguée ! Je suis incapable de m'occuper de toi ou de qui que ce soit.

Tina Maguire affirmait ne pas se rappeler ce qui lui était arrivé dans le parc de Rocky Point en juillet, ni dans le tribunal du comté du Niagara en septembre. Elle était mal en point, dans l'un et l'autre cas. Impossible de se rappeler les visages, d'identifier. Essayer de penser lui donnait mal à la tête. Elle laissait tout tomber, ne faisait aucun effort pour se rappeler. *Tina est une loque. Elle n'est bonne à rien. Une merde. Personne n'en a rien à foutre de Tina, hein, elle est la risée de tout le monde ?*

Parfois elle prend ces fichus médicaments, mais le plus souvent pas. Ils la rendent malade. La constipent. Lui mettent la tête à l'envers. Mieux vaut faire un saut jusqu'au magasin de vins et spiritueux du coin de la rue et acheter un pack de bières, une bouteille d'un rouge italien bon marché. Pas les moyens de se payer un bon whisky, pas Tina ! Les frères dentistes avaient engagé une autre réceptionniste. Ils lui avaient versé trois mois de salaire, elle aurait droit au chômage. Si elle pouvait se forcer à aller en ville s'inscrire. Elle avait abandonné sa maison de la 9e Rue, évidemment. Elle s'était installée chez sa mère. Si elle avait essayé, elle aurait pu convaincre des hommes de lui payer un verre, ce qui lui aurait permis de boire un whisky raisonnablement bon, un bourbon, une vodka, mais ça n'en valait pas la peine s'il fallait écouter ces hommes, sentir leur odeur, et voir leurs visages dans la brume d'ivresse où ils venaient flotter, vacillants, à la périphérie de son champ de vision. Et elle ne pouvait supporter qu'un homme la touche. Non, non ! Mon Dieu, non. Elle paniquait, hurlait, griffait, dérangeait les autres clients, et par conséquent n'était pas la bienvenue dans ces bars où de toute façon elle n'avait pas envie d'aller. Mieux valait que Tina Maguire achète ses propres provisions. Reste à l'écart. Se promène sur le promontoire au bord des Chutes où l'air était toujours humide d'embruns. Quand il faisait beau, les touristes grouillaient comme des fourmis, mais quand il faisait mauvais, elle avait de bonnes chances d'être seule. Appuyée contre le garde-fou au-dessus des American Falls. Les yeux rivés sur l'eau qui bouillonnait follement tout en bas.

Dans le Tourbillon, juste en aval des Chutes, des murs d'eau verticaux de vingt mètres tournoyaient vite plus vite toujours plus vite comme près de disparaître dans un égout géant.

Mon Dieu aide-moi. Mon Dieu fais que je trouve la paix. Mon Dieu ?

« Madame ! Ne faites pas ça, madame. »

Quel que soit celui qui interrompait sa rêverie, en osant parfois la prendre par le bras, Tina s'en moquait. Elle haussait les épaules, elle ne répondait rien. Elle était souvent ramenée chez elle par des employés du parc, des agents de police, trempée, grelottante, claquant des dents, mais curieusement passive, comme si prise en charge de cette façon, elle devenait à nouveau un simple corps, un poids inerte et sans âme.

Ses cheveux avaient repoussé de mauvaise grâce, raides et curieusement incolores. Lorsqu'elle voyait son reflet à l'improviste dans une glace, elle ne se disait pas avec effroi *Mon Dieu, il faut que je m'occupe de mon apparence!* mais *Quelle ruine! ils auraient dû finir le boulot.*

Un soir de début octobre, ce fut Dromoor qui ramena Tina chez elle.

Tu regardais par la fenêtre, au premier étage de la maison de ta grand-mère. Tu as vu cette voiture que tu ne connaissais pas se garer le long du trottoir, un break Ford, bas sur roues et plus tout neuf, le genre de véhicule qu'on imagine encombré de jouets d'enfants à l'arrière. Et il en est descendu un homme de haute taille, vêtu d'une veste de toile sombre, tête nue, une tête qui semblait rasée, qui avait l'éclat de l'acier. Il a fait le tour de la voiture pour aider ta mère. Tina s'est levée en titubant, elle s'est appuyée sur le bras de cet homme tout en s'efforçant de se débrouiller seule.

Tu n'as pas tout de suite reconnu John Dromoor sans son uniforme. Et puis tu l'as reconnu.

Tu es descendue en courant. «Maman… ?» Tu as fait semblant de ne pas savoir qui ramenait Tina à la maison.

Elle avait bu, une fois de plus. Et elle était malade. Elle refusait de prendre ses médicaments, de voir son thérapeute. On aurait dit qu'elle se contrefichait de ce qui pouvait lui arriver.

Tu t'es arrêtée au bas de l'escalier. Tu les as vus près de la porte d'entrée, dans le vestibule. À travers les portes aux vitres dépolies, tu n'entendais pas ce qu'ils disaient. C'était surtout Dromoor qui parlait. Mais que disait-il ? Se connaissaient-ils bien, tous les deux ? Ils ne se touchaient pas. Tu entendais la voix de Dromoor – basse, pressante, presque ardente – mais pas ses paroles.

Ta mère a ri tout à coup, un rire sans joie. Un son grêle comme du verre qui se brise.

Elle a poussé les portes battantes sans paraître te voir ; ou alors, sans faire attention à toi. Derrière elle, Dromoor a hésité, comme s'il voulait la suivre. Mais non, mieux valait s'abstenir.

Il t'a vue à ce moment-là. Il ne souriait pas. Il te connaissait, bien sûr... depuis la route de Rocky Point, il te connaissait... mais il ne t'avait encore jamais appelée par ton nom.

Gauchement, tu as poussé les portes aux vitres dépolies. Tu étais une fille timide devenue soudain audacieuse, fonceuse. Ton cœur sonnait dans ta poitrine comme une cloche à la volée. Haletante tu as bégayé : « M... monsieur Dromoor ?... Merci d'avoir ramené maman. »

Dromoor a dû comprendre, à ce moment-là. L'expression de ton visage. Ta rougeur. Désir, désespoir.

Je t'aime. Tu es tout pour moi.

Tu te souviendrais : Dromoor te disant que c'était une période difficile pour ta mère, qu'il fallait que tu t'occupes d'elle. Et tu as répondu trop vite, d'un ton enfantin et blessé : « Je ne crois pas que ma mère ait envie qu'on s'occupe d'elle. »

Seule avec Dromoor dans le vestibule de la maison de ta grand-mère. Un grondement dans les oreilles, comme si tu te penchais au-dessus du garde-fou des Chutes : le choc viscéral de l'amour, l'émotion la plus forte que tu aies jamais ressentie de ta vie.

Dromoor s'est assombri en t'écoutant. Il avait choisi ses mots à lui avec tant de précaution.

Il a soigneusement écrit son numéro de portable sur un morceau de papier. À transmettre à Tina. Sous le numéro, ces mots :

À n'importe quelle heure du jour ou de la nuit.
D

La procureure

Elle rêvait de lui, bon sang. Quelle honte !

Elle n'avait rien su contrôler ! Le procès criminel le plus médiatisé de Niagara Falls depuis des années, une chance offerte – enfin ! – à Harriet Diebenkorn de montrer ce dont elle était capable à ses collègues masculins sceptiques, et elle avait été publiquement humiliée pendant l'audience, elle était tombée dans un guet-apens. Elle n'avait rien vu venir. Aussi prise au dépourvu que la victime du viol.

Kirkpatrick, Jay. Le nouveau cauchemar de Diebenkorn. Elle était du genre à passer d'une obsession à une autre, des obsessions généralement masculines, mais jamais aucune qui prenne tout à fait cette ampleur. Obsédée par ce salaud de Jay Kirkpatrick. Rien d'étonnant à sa réputation ! Elle n'en avait eu qu'une vague idée jusque-là, mais maintenant elle savait. Il s'était levé et, avec une expression de regret courtois, un air de gentleman, avait miné les arguments de l'accusation de *doutes raisonnables*, comme le bois le mieux fini en apparence peut être miné de l'intérieur par des termites. Ce salaud n'avait pas élevé la voix. C'était lui qui poussait les autres à crier. Il n'était pas beau, sa peau était même plutôt abîmée, ses yeux impitoyables trop rapprochés de son nez crochu, mais il donnait l'impression d'un homme séduisant, suave, plein d'assurance. Kirkpatrick plastronnait comme un cow-boy, en dépit de ses costumes rayés sur mesure et de ses cravates italiennes discrètes. Il mettait sa vanité dans des boots de cuir noir étincelants, à bouts pointus et talons de trois centimètres. Lorsqu'il marquait un de ses points dévastateurs à la barre, on s'attendait à le voir exécuter un pas de danse staccato sur ces talons-là.

« Jay Kirkpatrick ». Un nom qui vous donnait envie de sourire, de secouer la tête.

L'avocat avait acquis sa réputation dans la région de Buffalo en 1989. Il avait brillamment défendu le fils d'un industriel fortuné, un drogué de vingt et un ans qui avait tué son père. Kirkpatrick avait plaidé la légitime défense, bien que le père, sans arme, quasi nu, sortît tout ruisselant de sa piscine, dans la banlieue cossue d'Amherst, quand son fils lui avait logé six balles dans le corps à deux mètres cinquante de distance. L'avocat avait cependant réussi à persuader un jury crédule que le fils, en proie à une peur « immédiate et insurmontable », avait craint pour sa vie.

Oui. On ne pouvait que sourire. Kirkpatrick était un malin.

Diebenkorn était furieuse qu'il fût entré dans ses rêves. Aussi profondément, avait-elle tendance à penser, que cette meute de voyous ratés était entrée dans les rêves de la pauvre Martine Maguire.

* * *

La première fois que Diebenkorn vint à la maison de Baltic Avenue pour parler à la victime du viol collectif, Tina Maguire refusa de la voir. Souffrant d'une migraine, elle était restée au lit toute la journée de la veille. Trop fatiguée pour soulever la tête de l'oreiller. Le visage sévère, la mère de Tina, Agnes Kevecki, ne laissa entrer Diebenkorn qu'à contrecœur, après lui avoir demandé de s'essuyer les pieds sur le paillasson. Lorsque Diebenkorn eut débité son discours préparé *Il faut que je la voie. Je suis procureure adjointe au bureau du procureur du comté et j'insiste pour voir Martine Maguire* Mme Kevecki déclara brutalement que sa fille Martine n'était plus une personne en bonne santé. « Ni physiquement ni mentalement. Il n'y a pas que ces animaux, vous aussi, au tribunal, vous l'avez détruite. »

La Diebenkorn, comme l'appellerait ensuite ta grand-mère, se pencha en avant, en soufflant par la bouche un air si humide qu'on le voyait presque dans l'air comme une buée. « Madame Kevecki ! Comment pouvez-vous dire une chose pareille ! Le bureau du procureur tient à ce que justice soit rendue à votre fille et à votre petite-fille, nous comptons réparer, grâce à la loi, les souffrances qu'elles ont subies ! Mais il nous faut leur coopération en tant que témoins. Martine a dit qu'elle abandonnait les poursuites, qu'elle ne laisserait pas sa fille témoigner. Mais elles ne peuvent refuser de nous aider. Si… »

Ta grand-mère avait les bras étroitement croisés sur l'étagère en pente de sa poitrine. Ses cheveux blanc acier moulaient son crâne comme un bonnet brillant, et sa peau donnait l'impression d'avoir été serrée dans une main musclée, qui y avait laissé un réseau de fines rides. Elle dit, avec un infini mépris : « Vous ! “Les procureurs”. Vous aviez promis de protéger ma fille. Et vous ne l'avez pas fait.

– Madame Kevecki, nous ne pouvions pas prévoir…

– Vous êtes des ignorants, alors. Vous devez manquer d'expérience. Nous ne pouvons pas vous faire confiance.

– Mais madame…

– Cet homme a traité ma fille de prostituée ! De putain ! Ma pauvre fille qui a manqué mourir ! L'exposer à une telle honte ! Vous avez laissé faire, vous n'avez rien empêché. Un procès la tuerait. Un procès nous tuerait tous. Tous les jours dans les journaux, à la télé… notre famille n'y survivrait pas. Et vous osez suggérer que ma petite-fille soit exposée elle aussi à ce traitement !

– L'avocat de la défense est un homme sans scrupule ! protesta Diebenkorn. Tout le monde sait qu'il déforme la vérité. Il met la vérité à l'envers, sens dessus dessous. C'est de la magie noire. Il devrait être rayé du barreau. Il recourt à ces tactiques détestables parce qu'il sait que les arguments contre ses clients sont accablants. Et un jury s'en rendra compte, je vous le promets ! J'y veillerai, madame, je vous le promets. Mais il faut que votre fille et votre petite-fille… »

Ta grand-mère se leva avec raideur. Elle avait des palpitations quand elle s'énervait. Une poignée quotidienne de cachets blancs et verts contrôlaient sa tension mais malgré tout, dans ces moments-là, un pouls battait pesamment dans son crâne.

« Il n'y a pas d'"il faut" qui tienne pour ma fille et ma petite-fille dans cette maison, madame Diebenkorn. Au revoir. »

La deuxième fois que Diebenkorn vint à la maison de Baltic Avenue, ta grand-mère refusa d'ouvrir la porte. Tu te glissas dehors pour parler à la procureure sur la véranda.

C'était un jour humide et couvert. Un ciel comme un pansement sale et un vent venu du fleuve qui sentait la craie mouillée.

Diebenkorn commença par se confondre en excuses. Kirkpatrick l'avait prise au dépourvu. Il l'avait piégée ! Elle et toute son équipe ! Cela ne se reproduirait pas, elle le promettait.

« Tout le monde à Niagara Falls sait que les violeurs et leurs avocats mentent. Des mensonges éhontés ! Toute cette histoire a été concoctée, inventée, par Jay Kirkpatrick. Les prévenus ont dit à la police, quand on les a arrêtés, qu'ils ne connaissaient pas Martine Maguire, qu'ils ne l'avaient jamais vue et n'avaient jamais entendu parler d'elle. Ils ont dit à la police qu'ils n'étaient pas dans le parc ce soir-là, un mensonge absurde, étant donné que nous avons au moins une dizaine de témoins qui les ont vus. Et voilà maintenant que Kirkpatrick prétend... » Diebenkorn s'interrompit, haletante. Ses pupilles se contractèrent. Elle s'adressait à une fille de treize ans, victime d'une agression. Elle s'adressait à la fille d'une victime de viol. Mais elle n'avait pas le choix, elle devait poursuivre, avec véhémence, comme un semi-remorque fou, « ... que c'étaient des "rapports sexuels consentis", "contre de l'argent". Ridicule ! N'importe quel jury raisonnable repoussera cet argument. Je veillerai à ce qu'il le fasse. Et cette invention absurde d'une seconde bande de violeurs... comme si c'était possible ! Je me demande comment un avocat ose avancer sans rire de telles absurdités. Crois-moi, Bethel. Et parle à ta mère ».

Tu la dévisageais, le regard vide. C'était une nouvelle habitude que tu avais : prendre l'air absent et stupide quand cela t'arrangeait. Ce serait un stratagème qui te servirait pendant tes années de scolarité à Niagara Falls parfois en présence même de tes ennemis. Tu remarquas que Diebenkorn avait étalé un rouge à lèvres sombre sur ses lèvres minces et que ses dents de devant en étaient tachées.

Diebenkorn dit, l'air coupable : « C'est vrai, je dois le reconnaître. Kirkpatrick a chargé une équipe d'enquêteurs juridiques d'essayer de salir les victimes de ses clients. Sa stratégie consiste à attaquer les victimes, Martine Maguire en l'occurrence, à donner l'impression qu'elle a cherché ce qui lui est arrivé. Kirkpatrick pense que si les jurés ont le sentiment qu'une victime mérite sa punition, ils n'ont pas envie de punir l'accusé mais *s'identifient à lui*. "Les jurés souhaitent voter non coupable, parce que c'est prendre une décision généreuse, faire un acte chrétien." » Diebenkorn rit avec une étrange excitation.

Elle continua à implorer. À menacer. (Juste un peu. Assignation à comparaître ? Martine Maguire, alitée ?) Elle promit que son équipe et elle ne se laisseraient plus « piéger ». Pour le procès, ils auraient connaissance des témoins présentés par la défense, ils sauraient à l'avance les mensonges, les sous-entendus, les ragots, qui seraient prononcés dans la salle du tribunal. Ils seraient en mesure de les réfuter. Et les lois de l'État de New York sur le viol interdisant certains types de révélations, Schpiro serait contraint de les respecter. Et les preuves médico-légales – sperme, sang, cheveux, fibres – étaient indiscutables. Les témoignages des victimes – mère et fille – seraient accablants. Si Tina refusait de coopérer, les violeurs pourraient négocier des condamnations bien plus légères que celles qu'ils méritaient, et ce serait *injuste*.

Tu dis à Diebenkorn qu'à ton avis ta mère ne voudrait plus coopérer avec elle. Qu'à ton avis ta mère se ficherait pas mal que ce soit *injuste*.

« Ma vie aussi est liée à cette affaire, Bethel. Ce n'est pas une simple "affaire" pour moi… cela me concerne en tant que femme… parce quand une femme est attaquée comme ta mère l'a été, toutes les femmes sont attaquées. Voilà pourquoi le viol doit être puni comme un crime très grave. » Diebenkorn marqua une pause, s'essuya les yeux. Elle paraissait profondément émue. « Pourrais-tu au moins demander à Tina si je peux lui parler, Bethel ? Juste une minute ? La défense sent notre hésitation, Kirkpatrick se prononce maintenant pour un "procès rapide". Je sais que j'ai déçu Tina et d'autres, mais je promets de me rattraper. Donnez-moi une chance, je vous en prie ! »

Tu pensais qu'il n'y avait pas beaucoup d'espoir mais tu étais une brave fille et tu as invité Diebenkorn à t'attendre dans le vestibule pendant que tu montais en courant au premier. Tu avais peur que grand-mère la trouve là et lui demande de partir.

En haut, tu as frappé doucement à la porte de ta mère. Pas de réponse.

Elle n'était pas sortie depuis plusieurs jours. Depuis que John Dromoor l'avait ramenée à la maison.

Tu as frappé de nouveau. Tu as ouvert et risqué un œil à l'intérieur. La pièce était sombre, une odeur de draps pas frais et de transpiration prenait aux narines. Maman était couchée sur le lit, sur un couvre-lit froissé, les jambes nues, en peignoir, étendue immobile sur le côté.

Maman ne meurs pas. Je t'en prie maman on t'a sauvée une fois ne meurs pas maintenant.

Bizarre de voir dormir sa mère. Dans l'inconscience, dans l'oubli du sommeil.

Il n'y avait pas de flaque de sang noir sous elle. Tu entendais sa respiration. Un bruit rude râpeux évoquant un tissu qu'on déchire. Maman avait pourtant l'air paisible, couchée sur le côté comme une enfant, les mains serrées entre ses genoux remontés.

Tu n'as rien dit. Le cœur battant comme en présence d'un danger.

Tu as refermé la porte sans bruit. Si maman arrivait à dormir, c'était bien. Il était de ton devoir de la laisser dormir.

De toute façon tu savais ce que Tina Maguire pensait des violeurs, maintenant. Tu l'avais entendue dire à ta grand-mère qu'elle n'en avait rien à fiche, que ces salopards pouvaient bien violer d'autres femmes si ça leur chantait. Ça ne la regardait pas.

Au rez-de-chaussée, Diebenkorn attendait avec impatience. Des yeux humides de chien.

Tu as hésité. Tu t'es mordu la lèvre. C'était un moment comme à la télé, ou peut-être comme au tribunal. Ce n'était pas un moment préparé, pas vraiment.

« Oh là là ! Madame Diebenkorn ! Tout ce que maman m'a dit de vous dire, c'est… – baissant la voix, feignant de rougir – “allez vous faire foutre”. »

«Légitime défense»

Le 11 octobre 1996, Dromoor tua l'un des violeurs de deux balles de son revolver de service calibre .45.

Tu appris cette nouvelle par Tina.

«Le premier de la bande. Il est mort.»

Tina semblait hébétée. Ses yeux brûlaient de fièvre.

Le premier de la bande. Tu te demanderais si c'étaient les mots de Dromoor, choisis avec soin.

Tu te demanderais si Dromoor avait appelé Tina du parking, sur son portable. Mais non, on peut retrouver la trace de ce genre d'appel. Il avait dû attendre, puis appeler d'un téléphone public assez éloigné des lieux. Mais il n'avait pas dû attendre longtemps.

Ensuite tu as vu les infos à la télé. Et ensuite le *Niagara Journal*.

DeLucca, James. «Jimmy». Vingt-quatre ans, sans emploi au moment de sa mort. Demeurant chez ses parents, 1194, Forge Street, Niagara Falls. Survécu par...

DeLucca sur l'écran de télévision. Une photo prise alors qu'il était allumé par la drogue. Cheveux gras dans la figure. Un style mi-Presley, mi-motard. Certaines filles devaient le trouver sexy. Un gamin grandi trop vite. Cette photo ne montrait pas DeLucca tel qu'on l'avait vu dans la salle d'audience, costume de serge bien repassé, cravate bien nouée et cheveux bien coiffés, mais plutôt tel qu'il était cette fameuse nuit dans le parc de Rocky Point. Lorsqu'il avait foncé sur vous. Avec des cris d'excitation, des glapissements. Un des chiens de la meute qui t'avait barré le passage, bras musclés tendus, comme si, dans un match de basket brutal, quelqu'un t'avait passé le ballon, que tu sois vulnérable, coincée, la cible, et DeLucca le type qui te rentrait dedans en riant.

Hé bébé! Bébé va nous montrer ses nénés, elle aussi?

Dans la salle de séjour, stores tirés. Passant d'une chaîne à l'autre pour suivre les nouvelles. Maman fixe l'écran de ses yeux de fièvre, les mains serrées entre les genoux. Grand-mère regarde en murmurant tout bas. Et toi.

Pourquoi deux balles? Alors qu'une seule aurait été fatale?

Des porte-parole de la police de Niagara Falls expliqueraient avec soin que telles étaient les instructions de la police. Si un agent décide qu'il doit faire usage de son arme, il est entraîné à tirer deux fois.

Dromoor n'avait fait que suivre son entraînement.

Les coups de feu avaient été tirés dans le parking du Chippewa Grill, 822, Chippewa Street, dans l'East Side. À 0 h 58, le 11 octobre 1996. Ray Casey était le principal témoin. Ray Casey serait interviewé à maintes reprises. Le fait est que Casey faisait la tournée des bars de l'East Side, ce soir-là. Depuis sa rupture avec Tina, il passait de plus en plus de temps seul, à boire. À rouler en voiture le long du fleuve jusqu'à Youngstown et retour. À s'arrêter dans des bars où personne n'avait entendu parler de *ce-qui-était-arrivé-à-Tina* le 4 Juillet dans le parc de Rocky Point.

Tina Maguire, qui était la maîtresse de Ray Casey. Ils avaient presque décidé de vivre ensemble, chez Casey. Une fois que le divorce de Casey serait prononcé.

Maintenant on n'osait plus parler de Tina Maguire devant lui. Plus un seul mot.

Casey avait failli coller un pain à sa femme à cause de certaines remarques qu'elle avait faites sur Tina Maguire.

Quant à Tina, elle ne voulait plus le voir. Ne voulait plus lui parler au téléphone. *Laisse-moi tranquille Ray, je suis si fatiguée. Je ne veux pas de ta pitié. Quelqu'un ferait mieux de m'achever.*

Il se sentait tellement coupable ! Il voulait aimer Tina comme avant mais elle n'était plus la même personne. Elle ne le serait jamais plus. La souffrance était inscrite profond en elle, elle ne guérirait jamais.

Ou peut-être ne l'avait-il pas assez aimée. C'était le test, peut-être. Une femme violée par tellement d'hommes qu'elle-même ne savait pas combien.

Au Chippewa Grill, Casey n'était pas d'humeur belliqueuse. On ne pouvait pas avancer cela contre lui comme la fois précédente, à la Mack's Tavern. C'était DeLucca qui avait repéré et reconnu Casey. Tu me colles au train, connard? avait dit DeLucca. Casey l'avait regardé d'un air ébahi sans paraître savoir de qui il s'agissait. Mais quand il était sorti du bar, DeLucca l'attendait pour lui tomber dessus.

Dromoor se trouvait par hasard dans ce bar, lui aussi. Il n'était pas de service. Sans son uniforme de police et ne ressemblant pas beaucoup à un flic avec son sweat-shirt gris râpé et son pantalon kaki. Dromoor buvait dans un quartier situé à plusieurs kilomètres du sien, lui aussi. Pour quelle raison, Dromoor ne sut le dire. Il ne fournit aucune explication. C'était comme ça, voilà tout. Il ne s'était pas rasé depuis deux jours et avait le menton couvert de poils à l'aspect métallique. Au bar, Dromoor but trois verres de bière, de la Black Horse. Il regarda à la télé le boxeur Roy Jones écraser un adversaire à Las Vegas, lui mettre la figure en sang et l'humilier pendant douze rounds interminables sans le mettre KO, comme si cela aurait été se donner trop de mal. Dromoor admirait les boxeurs cruels et malins comme Jones, qui sont sur le dos de leur adversaire et dans leur tête et donnent l'impression que c'est facile, une sorte de danse. Dromoor regardait la télé mais s'abstenait de faire des commentaires comme d'autres clients du bar, dont Ray Casey qui était du genre à vociférer, un de ces types qui parlent à l'écran de télé comme s'ils s'attendaient qu'il leur réponde.

Était-il possible que sans échanger un seul regard Dromoor et Casey aient eu conscience l'un de l'autre comme des êtres d'une espèce identique au milieu d'ennemis naturels ?

Aucun reportage ne le laisserait entendre. Aucune déclaration officielle de la police ne le laisserait entendre.

Vers minuit et demi, Dromoor décida de partir.

Pour aller où ?

Chez lui.

Une coïncidence, que Dromoor décide de quitter le bar presque aussitôt après le départ de Ray Casey. Casey que Dromoor n'avait pas vu au bar, à qui il n'avait assurément pas adressé la parole. Dromoor était sorti quelques minutes après le départ de Jimmy DeLucca qui, sans être remarqué lui non plus, s'était glissé dehors pour attendre Casey dans le parking.

Cela avait dû se passer comme ça. La chronologie des événements. L'enchaînement des événements n'est jamais aussi clair que les événements eux-mêmes.

Peut-être Casey s'était-il rendu aux toilettes avant de sortir. Peut-être que Dromoor aussi.

Ce genre de chose ne se planifie pas. Il n'y a pas de répétitions, en tout cas. Ça ne se présente qu'une fois.

Ce truc entre DeLucca, Casey : il y avait sans doute eu de la tension dans l'air, au bar. Deux types qui se détestent. L'un des deux qui se dit que l'autre a de sérieux griefs contre lui et qu'il ferait mieux de cogner le premier.

On a l'impression que c'est instinctif. Tripal. Il faudrait connaître l'histoire personnelle de ces hommes pour avoir un autre avis.

Casey soutiendrait qu'il n'avait pas beaucoup bu. Pas pour un homme comme lui. Rien que de la bière. Merde, il tenait la bière. Il avait eu une condamnation pour conduite en état d'ivresse depuis l'histoire de Tina Maguire et il n'avait vraiment pas envie de recommencer. N'empêche, ses facultés devaient être diminuées. Forcément. Pourquoi aurait-il pris un risque pareil s'il avait été entièrement sobre ? DeLucca lui avait parlé, ou avait parlé de lui, une certaine épithète qui avait offensé Casey. Peut-être Casey avait-il entendu cette épithète par hasard, mais il avait compris qu'il s'agissait de lui. À un autre moment et d'une autre humeur, Casey ne se serait pas risqué à affronter ce voyou bourré qui avait dix ans de moins que lui et dix kilos de plus. Mais Casey était d'humeur.

Il alla aux toilettes. Il quitta le bar. Dehors dans le parking le voyou bourré attendait.

Il m'est tombé dessus, dirait Casey. D'un ton presque émerveillé.

Il m'est tombé dessus sans que je le provoque. En disant qu'il allait me tuer, ce fils de pute.

À ce moment-là, vers 0 h 55, Dromoor sortait du bar. Il entendit aussitôt les voix furieuses des deux hommes. Il comprit que c'était une bagarre, qu'il allait y mettre fin. Dromoor n'eut aucune hésitation à agir seul, sans l'aide d'un collègue. Son instinct le poussait à intervenir chaque fois qu'il y avait atteinte à l'ordre public. Avant de voir les deux hommes, il entendit les gémissements, les cris de souffrance de Casey. Et un autre homme qui grognait et jurait. Lorsqu'il fut plus près, il vit que Casey était à terre et que DeLucca lui donnait des coups de pied dans le bas-ventre. DeLucca sortit une arme de la poche de sa veste : un couteau à cran d'arrêt dont la lame mesurait de quinze à vingt centimètres, d'après les estimations de Dromoor.

Aussitôt, Dromoor cria qu'il était de la police. Il ordonna à l'agresseur de jeter son couteau, de garder ses deux mains bien en vue. DeLucca injuria Dromoor et continua à frapper Casey, dont la bouche saignait. DeLucca se mit à faire de grands gestes menaçants avec son couteau, ne manquant le visage de Casey que d'une fraction de centimètre.

À ce moment-là Dromoor courait vers eux. En brandissant sa plaque. DeLucca fit un certain geste obscène avec son cran d'arrêt et dit à Dromoor de passer au large. Dromoor continua d'avancer, en sortant son arme. Et lui et Casey témoigneraient que DeLucca avait vu l'arme de Dromoor et entendu ses instructions. Dromoor ordonna à DeLucca de lâcher son couteau. Il lui ordonna de s'éloigner de Casey. Mais DeLucca plongea alors vers Dromoor, le couteau en avant, et Dromoor tira deux coups de feu dans la région du cœur de son agresseur, à moins de huit centimètres de distance. Aussitôt DeLucca tituba et s'écroula, à l'agonie.

Tout fut terminé en l'espace de quelques secondes. Rien à voir avec Roy Jones, tourmentant son adversaire pendant douze longs rounds.

Casey déclarerait ensuite que l'agent lui avait sauvé la vie ! Absolument.

Ce cinglé ivre mort voulait me tuer, il disait qu'il allait me saigner comme un porc. Il savait qui j'étais, j'imagine. Moi je n'ai réalisé qu'après que c'était lui. Et c'est devenu compréhensible, à ce moment-là.

Une chance vraiment incroyable que Dromoor soit arrivé.

Et l'agent de police Dromoor et vous ne vous connaissiez pas ?

Non.

Vous ne saviez pas que Dromoor était dans la police avant qu'il s'identifie ?

Je ne l'avais jamais vu avant. Dans le bar, je ne l'ai pas remarqué.

Et vous n'avez pas reconnu James DeLucca ?

Non, absolument pas.

Alors que James DeLucca était l'un des accusés dans l'affaire de viol concernant votre amie Martine Maguire ?

Il ne devait pas avoir la même tête. Ou alors je n'ai pas bien vu son visage.

Vous n'avez appris l'identité de DeLucca qu'après sa mort ? La surprise a été totale pour vous ?

Je suis surpris tous les jours de ma vie. Ça ne m'a pas paru si stupéfiant que ça.

Dromoor fut interrogé au commissariat central de Niagara Falls.

Il affirmait avoir fait feu sur et tué un homme en état de légitime défense. Un témoin confirmait sa déclaration, mais un témoin unique. Les journaux locaux et la télé commentaient abondamment l'événement. On s'étendait beaucoup sur le fait que le mort aurait dû être jugé en même temps que plusieurs autres pour viol et voies de fait aggravées dans l'affaire que l'on appelait dans la région le « viol du hangar à bateaux ».

Et vous ignoriez totalement l'identité de James DeLucca au moment de l'incident ?

Oui, lieutenant. Je l'ignorais.

Apprendre l'identité de James DeLucca après les faits a été une entière surprise pour vous ?

Non, lieutenant. Je n'ai pas été entièrement surpris.

Ah bon, agent Dromoor. Et pourquoi cela ?

Dromoor garda le silence un long moment, contempla ses mains jointes en fronçant les sourcils. Ses cheveux, récemment coupés, brillaient d'un éclat sourd, comme de l'étain. L'entretien était enregistré. Dromoor parlait avec lenteur, chaque mot devait être choisi avec soin.

Parce qu'il n'y a pas grand-chose qui m'étonne dans la vie, lieutenant.

Vous n'avez pas reconnu James DeLucca, alors que vous l'aviez vu de près à peine un mois plus tôt, quand vous avez déposé dans une affaire où il était impliqué ?

Je n'ai pas vu nettement le visage de DeLucca dans le parking, je ne l'avais pas vu dans le bar.

Et est-ce que Raymond Casey et vous vous connaissiez avant cet incident ?

Non, lieutenant.

Vous n'étiez pas au courant des liens de Raymond

Casey avec Martine Maguire au moment de l'incident ?

Non, lieutenant.

C'était une pure coïncidence, alors ? Une sorte de coup de dés ? Vous, Raymond Casey et James DeLucca dans un parking et aucun autre témoin ? Juste quelque chose qui arrive ? Un simple hasard ?

Dromoor savait qu'on le provoquait. Mais il se refusait à le reconnaître, comme si le faire eût été porter atteinte à sa dignité et à celle de son interrogateur.

Non, lieutenant. Pas un simple hasard.

Quoi alors, agent Dromoor ?

Comme si c'était écrit. Comme s'il y avait un Dieu, et même s'il n'y en a pas. Il y avait un dessein, et j'ai rempli mon devoir d'agent de police.

Dromoor ne fut sanctionné que de trente jours de travail administratif. Il dut renoncer à son revolver pendant trente jours. Il ne reprendrait le service actif qu'au bout de trente jours, et pour suivre une formation d'enquêteur au poste du Huitième Secteur. Ses nouveaux collègues l'apprécièrent, il écoutait avec respect et intelligence et ne parlait que si on lui adressait la parole. Lorsqu'ils interrogeaient des suspects et discutaient de certaines affaires, Dromoor les observait avec l'attention d'un jeune rapace parmi ses aînés. Très vite il accompagna le responsable du Huitième Secteur, apprit à protéger les lieux des crimes, à prendre des photos. Ce fut une période agréable pour Dromoor. Il était confiant dans l'avenir. *Œil pour œil, dent pour dent.* Le moment venu.

À double tranchant

Plus tard tu tomberais amoureuse d'autres hommes. Plus appropriés. Des hommes de ton âge ou presque. Tu épouserais un homme de onze ans ton aîné à l'âge de vingt et un ans. Mais tu n'aimerais jamais aucun de ces hommes avec autant d'ardeur et de désespoir que tu avais aimé Dromoor à l'adolescence.

Ce n'est que des années plus tard que tu comprendrais : *Je l'aimais aussi pour maman. Parce qu'elle ne le pouvait pas.*

Cela avait donc été un amour double. Dangereusement aiguisé, comme un couteau à double tranchant.

Disparus !

Marvin Pick, Lloyd Pick. Un jour de la fin octobre 1996, les deux principaux inculpés dans l'affaire du viol de Rocky Point disparurent purement et simplement.

Un jour le bruit courut dans le milieu judiciaire de Niagara Falls que leur avocat, Jay Kirkpatrick, négociait avec les procureures un arrangement remarquable au terme duquel le chef d'accusation de viol serait retiré, et celui de « voies de fait aggravées » réduit à celui, bien moins grave, d'« agression »... et le lendemain, les deux frères avaient disparu.

On supposa que les Pick s'étaient soustraits à la justice. On ne les reverrait pas à Niagara Falls. Leur famille n'entendrait plus parler d'eux. Après leur arrestation initiale dans l'affaire du viol, les deux frères avaient imprudemment déclaré leur intention de passer la frontière, pas à Niagara Falls mais à un point de passage moins surveillé tel que Youngstown ou Fort Niagara, et de se rendre dans l'ouest du Canada ou, mieux encore, dans les Territoires du Nord-Ouest où l'on disait que des hommes jeunes et vigoureux comme eux pouvaient trouver du travail dans le débitage du bois, les conserveries de poissons, la pêche au saumon. Et pour de bons salaires.

Déjà avant leurs ennuis, Marvin avait été mis à pied par Niagara Natural Gas pour huit mois. Lloyd avait du mal à garder un job et, de toute façon, c'étaient des boulots merdiques : aide-serveur à la pizzeria Luigo, aide-jardinier au service municipal des parcs et loisirs. Dans les Territoires du Nord-Ouest, on était censé mener la vie rude des pionniers, comme cent ans plus tôt dans le nord-ouest des États-Unis. Les employeurs n'examinaient pas leurs employés de trop près. Tout le monde se fichait de votre éducation, de votre passé, de votre milieu. Si les frères n'avaient pas la nationalité canadienne, pas grave, Marv avait entendu dire qu'on pouvait leur « délivrer des visas de travail ».

Marvin Pick, Lloyd Pick. Après leur arrestation, les deux frères plastronnèrent un peu en public. Dans leur quartier on ne disait pas d'eux qu'ils avaient violé et presque tué une femme, terrorisé la fille de cette femme, on disait *Ces deux-là ! Leur vieux leur paie un gros bonnet d'avocat de Buffalo.*

Le père, Walt Pick, avait cinquante-sept ans. Soudeur chevronné chez Tyler Pipe. Une réplique de ses fils, en plus trapu, la peau plus abîmée, et sans leurs cheveux broussailleux couleur sable. Ses yeux, enfoncés dans les plis de son visage, avaient le feu sourd d'un fer à souder. Alors que Marvin et Lloyd avaient fait des haltères, de la musculation, jusqu'à avoir le torse comme une armure, le cou de l'épaisseur d'un jambon, Walt Pick était naturellement fort, costaud. Il ne mesurait que un mètre soixante-quinze mais pesait cent dix kilos. Lorsqu'il apprit que ses fils, en liberté sous caution, avaient disparu, qu'ils avaient abandonné la voiture de Marvin dans le parc d'État de Fort Niagara, le coup fut si rude qu'il dut s'asseoir.

«Les connards ! Les fils de pute ! S'enfuir ! Après tout ce que j'ai fait pour eux ! Tout ce que j'ai fait pour eux ! » Des larmes brûlantes lui montèrent aux yeux. Ce n'était pas un homme aux émotions très subtiles. Au cours d'une journée, il passait de l'irascibilité à une affabilité flegmatique. Il pouvait être bon enfant. Il disait souvent qu'il vivait pour les étés, pour son hors-bord. La pêche sur le lac Ontario, à Olcott, où son frère avait une maison. Et il aimait la vie de famille. Il était marié à Irma depuis trente-trois ans. Six gosses, OK pour la plupart. C'était pour les filles qu'il s'était fait le plus de souci. Marvin et Lloyd avaient toujours posé des problèmes. Marvin surtout. Et maintenant, ça.

Pour chacun des frères Pick, comme pour les autres inculpés de l'affaire, la caution avait été fixée à 75 000 dollars. La somme effectivement versée par Walt Pick à une caution professionnelle avait été de 7 500 dollars par tête. C'était ce fichu avocat qui avait des honoraires astronomiques : Kirkpatrick avait exigé une avance de 30 000 dollars pour chacun des frères. Son tarif horaire était de 250 dollars hors tribunal, de 350 au tribunal. Et il y aurait d'autres frais, Walt Pick en était sûr. Les Pick, comme les familles des autres inculpés, avaient dû prendre une seconde hypothèque sur leur maison. Walt Pick avait dû s'humilier, emprunter à des parents. Il avait dû vendre – à un prix dérisoire qui lui faisait mal au cœur – son bateau à moteur de six mètres, qui, sur sa proue blanc sale, portait en lettres rouges peintes à la main *Condor II*.

Irma Pick était farouchement convaincue que ses fils étaient innocents, mais Walt soupçonnait qu'ils étaient bel et bien coupables. Ils avaient déjà eu des problèmes avec la justice. Et certains de ces problèmes étaient liés aux femmes. Les autres filles n'avaient pas osé porter plainte mais elles n'avaient pas été blessées aussi gravement que Maguire. Walt savait que c'était grave, viol et voies de fait aggravées étaient des infractions majeures, ses fils risquaient d'être envoyés à la prison d'Attica pour trente ans. Trente ans ! Ce seraient des vieillards quand ils en sortiraient. Aussi vieux que leur vieux père, maintenant. S'ils en sortaient jamais.

Walt avait écouté les conseils du père Muldoon, le curé de la paroisse de St. Timothy : engage le meilleur avocat au criminel que tu puisses te payer, il négociera une réduction des charges pour qu'ils en prennent pour dix ans au plus, peut-être même moins pour Lloyd, qui est plus jeune. À condition que les gars se tiennent à carreau en prison, ils ont des chances d'être sortis au bout de quatre ou cinq ans à peine.

Jay Kirkpatrick, c'est l'homme de la situation. Il te coûtera la peau des fesses et celle des testicules avec, mais c'est l'homme de la situation.

D'autres personnes lui avaient parlé de Kirkpatrick. Les Haaber pensaient que les inculpés devaient engager une « équipe juridique ». Comme O. J. Simpson, le même genre de stratégie. Ils pourraient mettre leurs ressources en commun. Kirkpatrick serait l'avocat de Marvin et de Lloyd, mais donnerait des conseils aux autres avocats. Une équipe d'avocats, et non des individus. Le mot « équipe » faisait penser au sport, à un match. Un bon match mouvementé, qu'on avait des chances de gagner si on avait Kirkpatrick pour entraîneur en chef.

Walt avait dit que pour lui, merde, il n'y avait rien à gagner. Perte sèche. Son argent durement gagné et *Condor II* foutus en l'air. À cause de ses bon Dieu de gosses !

Il était tout de même allé trouver Kirkpatrick. Comme un joueur qui risque tout ce qu'il a sur un coup de dés.

On ne pouvait pas ne pas être impressionné par Kirkpatrick. Une heure d'entretien avec les garçons, et il leur faisait déjà comprendre, à eux et à leur père, que le « viol » pouvait être réinterprété comme des « rapports consentis », des « rapports vénaux ». Cette Maguire avait bu, son témoignage était boiteux. Un bon contre-interrogatoire, et elle serait discréditée. Et d'après ses propres dires, la fille qui s'était soi-disant cachée dans un coin du hangar à bateaux n'avait vu personne violer personne. Elle ne pouvait pas témoigner que d'autres jeunes hommes n'étaient pas entrés dans le hangar et n'avaient pas violé sa mère après le départ des Pick et de leurs compagnons.

Kirkpatrick dit : « Dans un procès, une histoire a toujours deux versions. La gagnante et l'autre. »

Walt siffla entre ses dents. Ça, c'était génial !

Malgré tout, il tenta de discuter avec Jay Kirkpatrick. Qu'il ait à payer le double parce qu'il avait deux fils inculpés était injuste, avança-t-il. Car deux clients accusés exactement des mêmes crimes ne demandaient sûrement pas autant de travail que deux clients distincts accusés de crimes distincts, hein ? Ça n'était pas possible.

« C'est comme des jumeaux, d'accord ? Une femme qui a deux bébés d'un coup, ils ne lui donnent pas deux fois autant de travail que deux enfants à des moments différents. Tout le monde sait ça. C'est pour ça que les femmes ont deux seins. Demandez à n'importe quelle femme. »

Walt avait espéré un rabais de dix pour cent. Kirkpatrick répondit en souriant que Walt ferait un sacré bon avocat avec une argumentation aussi précise. Mais pas question de rabais.

« Je suis un avocat, monsieur Pick. Pas un magasin de moquette en soldes. »

Marvin Pick, Lloyd Pick. Ils avaient été catcheurs au lycée. Dans l'East Side, Marvin était admiré quoique peu aimé. Lloyd était son lieutenant. Il avait toujours été le frère émotif, gêné par des rudiments de conscience comme un cheval par un caillou dans son sabot. À présent, il reprochait à Marvin les ennuis dans lesquels ils s'étaient fourrés.

« Va te faire foutre, connard. C'est toi qui as dit : "Et si on s'envoyait ces deux salopes ?"

– C'est pas vrai ! Merde, Marv, j'ai jamais dit ça ! »

Lloyd était excitable depuis quelque temps, les larmes lui montaient vite aux yeux. Marvin, lui, ne faisait que rire. Maintenant que Jay Kirkpatrick était leur *avocat*, il se sentait presque détendu. « Ne t'en fais pas, Lloyd. Je ne te dénoncerai pas. Je ne témoignerai pas contre mon complice. » Depuis l'intrusion de la machine judiciaire du comté du Niagara dans la vie des Pick, le vocabulaire de Marvin s'était enrichi.

Marvin Pick, Lloyd Pick. Avant l'incident du hangar à bateaux, ils s'étaient fait cueillir pour des effractions, des vols de marchandises au Home Depot et au Kmart, une tentative de braquage de voiture. Ils avaient été arrêtés, avaient plaidé coupable sur les conseils de leur avocat et accompli des peines de prison minimes dans des établissements pour mineurs. Marvin avait constaté que la justice pénale était encombrée de Noirs, dont certains étaient de vrais *gangsta*, tueurs de sang-froid à quinze ans. À côté, Lloyd et lui ne faisaient pas aussi menaçants.

Leur cousin Nate Baumdollar, dont le père, copropriétaire d'un bar et d'un bowling à Lackawanna, passait pour être « lié à la mafia », dit aux deux frères qu'ils étaient une bande de nuls, tous autant qu'ils étaient, qu'ils auraient dû finir le boulot et balancer les filles dans l'étang. Toutes les deux. « Ça vous aurait évité de vous retrouver dans la merde. Des "témoins oculaires" ! Je parie qu'aucun de vous n'y a pensé, hein ? De la merde dans le cerveau. » Nate beugla de rire. Il avait l'âge de Marvin. Toute leur vie ces deux-là s'étaient détestés mais avaient été obligés de « jouer » ensemble pendant les réunions de famille.

Marvin protesta : « On ne voulait pas la tuer, ça va pas ! Il n'a jamais été question de ça. On s'est tirés et on l'a laissée, c'est tout. Joe disait qu'elle saignait comme un putain de cochon, que si personne ne la trouvait, si personne n'appelait les flics, c'était bon.

– La balancer, c'est quelque chose qu'on pourrait prouver, dit Lloyd, nerveux, en se curant le nez. Ils te serreraient à tous les coups, comme ça.

– Ils serreraient qui ça, ducon ? Moi, je n'étais pas là. »

Marvin dit avec une soudaine véhémence : « Exact, tocard. Tu n'étais pas là. Alors, ferme-la. »

Nate rit. Il était tout content que Walt Pick soit venu mendier un prêt à son vieux, qu'il ait dû s'humilier devant son beau-frère ; et le vieux de Nate, pas bête, lui avait dit : Aucun problème, Nat, mais c'est douze pour cent d'intérêt. Et on fait ça devant notaire.

Marv dit, le ton plaintif : « Elle le cherchait. Cette putain de Tina. Je l'ai vue dans le coin, je la connais. Et elle aussi ! Elle montrait son cul et ses nibards. Elle était drôlement chaude. Elle a dit : "Qu'est-ce que vous avez dans vos frocs, les mecs ? Vous bandez ou quoi ?" »

Lloyd le regarda avec incrédulité. C'était n'importe quoi, à croire que ce que racontait Kirkpatrick était contagieux.

Marv poursuivit, inspiré, s'adressant à Nate comme s'il était ce juge juif de Schpiro : « Elle a dit qu'elle nous sucerait pour dix dollars chacun. Et que si on était dix, on aurait un rabais : neuf dollars seulement. C'est vrai ! Rigole si tu veux, mais c'est vrai ! C'est une pute camée. Tout le monde te le dira dans le quartier. Il y a des gens qui sont venus raconter au père Muldoon ce qu'ils savaient sur Tina Maguire, au cas où ça nous serait utile. Notre avocat, M. Kirkpatrick, il va chercher des témoins de l'époque où elle était au lycée, des types qui la connaissaient il y a longtemps, pour "établir devant le jury qu'elle avait des habitudes sexuelles immorales et irresponsables". Il a déjà des témoins qui assurent qu'elle était ivre morte et schnouffée à la coke avant même qu'on la voie. Avant même d'entrer dans ce putain de parc. Et sa fille, c'était un genre de deal mère-fille, le genre deux-en-un. La petite salope était moitié prix. »

Lloyd dit, en se tortillant soudain d'excitation : « Cette fille ! Elle a vu mon visage, je pense. Elle a dû repérer ma photo, et pendant ce putain de tapissage, elle m'a coincé. Et il y a les taches de sang, et d'autres trucs. Si seulement j'avais su ce qui m'attendait, que cette fille, cette gosse, allait me dénoncer. » Il secoua la tête, muet d'angoisse.

« Vous voyez, espèces de connards ? coassa Nate. J'aurais été là, il fallait finir le boulot et les balancer toutes les deux. Lestées avec des cailloux. Ça aurait évité à votre vieux de devoir vendre son bateau. »

Marv Pick, Lloyd Pick. Marv avait un cœur enflammé transpercé d'un poignard tatoué sur son avant-bras gauche, et Lloyd avait un cobra d'un noir graisseux lové sur le sien. Lorsqu'ils se battaient, enfants, roulant et tombant sur le sol de leur chambre ou de la salle de séjour au rez-de-chaussée, Irma leur hurlait qu'ils faisaient trembler toute la maison. Naturellement, plus gros de cinq à six kilos, et plus mauvais, Marv l'emportait toujours.

La veille du jour où les deux frères disparurent, en abandonnant la Taurus 1989 bronze de Marv dans un parking du parc d'État de Fort Niagara, on les vit rouler lentement dans Baltic Avenue à bord de ce véhicule. Ralentir au coin de Baltic et Chautauqua. Ralentir devant la maison Kevecki au numéro 2861. Ils buvaient de la bière. Bon Dieu, ils avaient descendu un pack presque entier de Coors, et vite. Ils étaient excités mais contrariés en même temps. Ils étaient d'humeur sombre mais énervés en même temps. Ils ne regrettaient pas vraiment ce qu'ils avaient fait parce qu'ils étaient incapables de se rappeler un moment précis où ils avaient pris la décision consciente de « faire » quelque chose à quelqu'un, que ce fût sexuel, violent, brutal, ou autre, et que, du coup, ils ne s'estimaient pas responsables. C'était leur père qui vivait ça le plus mal. Lui, on voyait qu'il regrettait. Leur mère était une mère excitable et loyale qui refusait de croire qu'il y avait quelque chose de sérieux dans ces histoires d'accusation de crime dont les menaçaient les procureurs. *C'est sa parole à elle contre la leur* disait leur mère. *Et cette femme est une ivrogne et une prostituée.* Leur mère ne voulait pas penser à ce que ça leur coûtait. Peut-être parce que ça lui faisait peur : Et s'ils perdaient leur maison ? Où vivraient-ils ? Cet enfoiré de Nate avait raison : le bateau de leur père. Bon sang, Marv et Lloyd aimaient ce bateau, eux aussi ! C'était chiant comme la mort de pêcher avec le vieux sur le lac Ontario où il y avait toujours du vent et des nuages qui finissaient en pluie, mais ça les rendait malades de penser que *Condor II* n'existait plus et qu'ils n'iraient plus jamais pêcher avec leur père. Plus jamais.

Kirkpatrick qui était *leur avocat* leur avait donné ses instructions : ne pas parler de l'affaire, et ne pas s'approcher de Maguire et de sa fille.

Combien de fois le leur avait-on répété à tous : tenez-vous à l'écart de Baltic Avenue.

Pas question de rôder à l'ouest du parc pour intimider les Maguire ou tout autre témoin les ayant vus dans le parc cette nuit-là. (Ces témoins étaient nombreux. Ces putains de flics avaient tendu leurs filets.) Pas question de contacter les Maguire. Ni Martine, ni sa fille, ni la grand-mère. Ni d'autres parents. Le juge avait donné son accord à quelque chose qui s'appelait une injonction. Traduction : tenez-vous à distance.

Certains des flics du Huitième Secteur qui les avaient malmenés ce fameux soir en les emmenant au poste avaient été plus explicites. Ils les avaient prévenus qu'ils leur casseraient la gueule s'ils les attrapaient à l'ouest du parc, dans le quartier des Maguire.

Marv et Lloyd ne pensaient pas à ça, à ce moment-là. Ils étaient devenus plutôt copains, maintenant. Liés par le sort, comme on dit. À la façon des soldats. À la guerre. C'était une sorte de guerre. Ces gens qui voulaient les détruire. Pas seulement eux, leurs parents aussi. Et Jimmy DeLucca, abattu un soir par un flic de Niagara Falls qui n'était pas de service ! Ce qui veut dire qu'il y a des flics dans la rue qu'on ne peut pas reconnaître. Des flics qui ont des armes cachées. Marv et Lloyd en avaient après DeLucca depuis quelque temps, alors ils ne s'usaient pas les yeux à pleurer sur lui, mais c'était le principe. C'était DeLucca qui avait dit *On pourrait jeter une bombe incendiaire dans la maison de la vieille, montrer à cette garce qu'elle ferait mieux de s'écraser* et Marv lui avait répondu que c'était une idée de con, que tout le monde saurait qui avait fait le coup, qu'on les remettrait en détention en annulant leur libération sous caution. Comme Joe Rickert : libération conditionnelle révoquée, et il était de nouveau bouclé à Olean où il suait de trouille à l'idée d'être transféré à Attica.

Tout à coup, sous l'effet euphorisant des Coors et celui du ressentiment, voilà Marv qui se penche par la vitre baissée, alors que pour la troisième ou quatrième fois la Taurus passe devant la maison de brique rouge vieillotte du 2861, Baltic Avenue, où les fenêtres sont allumées au rez-de-chaussée et les stores tirés jusqu'en bas, et Marv braille : « Tiiiiina ! » et lorsque Lloyd lui envoie un coup de coude dans les côtes, il rit, fait ronfler le moteur et s'enfuit sur les chapeaux de roue.

Marv Pick, Lloyd Pick. Un coup de téléphone pour Marv. Le 27 octobre en fin d'après-midi. Une voix d'homme, inconnue. Et il donna un nom que Marv n'entendit pas bien. Il parla avec un ton d'autorité qui rappela à Marv M. Kirkpatrick, si bien qu'il ne fut pas étonné que l'homme lui explique qu'il était un « enquêteur juridique » travaillant pour Jay Kirkpatrick et qu'il avait pour Marvin et Lloyd Pick des « preuves photographiques » qui devaient leur être remises en leur qualité de clients de Kirkpatrick par un tiers, un intermédiaire. Certaines raisons légales compliquées exigeaient le plus grand secret. M. Kirkpatrick ne pouvait pas être impliqué directement. « Un avocat est un "représentant en justice". Il doit remettre à la cour toutes les preuves qu'il lui est donné de recueillir. Ces photos, qui incriminent vos témoins à charge, vous parviendront par un tiers. » Marv essayait de comprendre. Cela avait l'air urgent. Il fit signe à Lloyd de garder le silence.

La bouche sèche, Marv écouta les instructions. Des preuves ! Incriminer les témoins ! L'enquêteur juridique de M. Kirkpatrick lui disait que son frère Lloyd et lui devraient sortir de la ville pour le transfert des documents. Pour des raisons légales, la transaction ne pouvait avoir lieu à l'intérieur des limites de la ville. Ils devraient se rendre dans le parc d'État de Fort Niagara par la Route 18. Ils prendraient la sortie ouest qui conduisait dans le parc, et à quatre cents mètres à droite, à l'intersection avec une route secondaire, l'homme attendrait dans sa voiture, il baisserait sa vitre et leur remettrait une boîte, puis les deux voitures redémarreraient. Pas de conversation. Pas de témoin.

Marv supplia son interlocuteur de bien vouloir lui répéter ces instructions. Bon Dieu ! Il ne voulait surtout pas commettre d'erreur.

Marv Pick, Lloyd Pick. Ils dirent à leur mère qui maintenant voulait toujours savoir où ils allaient et avec qui comme s'ils étaient des gosses du primaire et pas des adultes de vingt ans de ne pas les attendre pour dîner parce qu'ils seraient absents un moment. Sur la Route 18 dans la voiture de Marv en direction de Fort Niagara le long de la rive ventée et rugueuse du lac Ontario, à l'endroit où le Niagara se jette tumultueusement dans le lac. De l'autre côté du pont, c'est l'Ontario, le Canada. En été, le parc grouillait de monde, mais fin octobre, un jour froid, avec un ciel criblé de meurtrissures et grêlé comme un fruit pourri, un vent mauvais roulant sur l'eau, l'endroit était désert.

Marv dit : « "Enquêteur juridique". C'est un genre de détective privé qui est de ton côté. Pas comme les flics. »

Marv suivait les indications précises de son interlocuteur. Il faisait presque nuit lorsqu'ils pénétrèrent dans le parc d'État. C'était toujours un choc de voir le lac, l'eau, d'aussi près. À l'endroit où le fleuve se jetait dans le lac, de longs frissons d'un bleu dur le parcouraient.

« Tu crois que c'est lui ? L'"enquêteur juridique" ? »

Un break était garé devant eux. Face à l'entrée. Lloyd répondit par un simple grognement, sachant que son frère ne posait pas une vraie question.

Avec une impatience contenue, Marv engagea la Taurus sur la petite route défoncée et semée de flaques. Il s'arrêta à côté du break, un Ford, plus tout neuf, avec, accroché au rétroviseur intérieur, une paire de minuscules chaussons blancs d'enfant. S'il avait eu le temps de réfléchir, ces chaussons l'auraient rassuré. *Un enquêteur juridique qui travaille pour M. Kirkpatrick. Mais un simple père de famille, comme n'importe qui.*

Le conducteur portait une casquette des Buffalo Bills enfoncée bas sur le front. Il semblait ne pas avoir de cheveux, les côtés de sa tête étaient rasés, lisses comme des balles. Bien que la nuit fût tombée, il portait des lunettes sombres. Marv immobilisa la Taurus, baissa sa vitre en souriant avec nervosité.

« Vous avez quelque chose pour moi, je crois ? Pour moi et Lloyd ? »

* * *

Le lendemain en fin de matinée, la Taurus bronze, abandonnée au milieu de la route semée de flaques et non dans un parking, serait examinée par un policier de l'État de New York, appelé sur les lieux par les autorités du parc. La voiture n'était pas fermée, la clé était sur le contact. La jauge d'essence indiquait un réservoir au quart plein. Le véhicule ne semblait pas avoir été endommagé récemment. Un pack de Coors sur le siège arrière, dont il ne restait que trois boîtes. Le policier transmit le numéro d'immatriculation par téléphone et apprit que la voiture appartenait à un certain Marvin Pick, demeurant 11e Rue à Niagara Falls. Il apprit aussi que Pick était en liberté sous caution et devait être jugé à Niagara Falls pour plusieurs crimes.

La Taurus fut finalement remorquée hors du parc et saisie comme preuve. Selon les rumeurs qui couraient dans le quartier et au poste de police du Huitième Secteur, les Pick s'étaient soustraits à la justice et enfuis au Canada. Leur caution serait confisquée par le comté. Leur père Walt Pick serait déclaré en faillite et mourrait d'une attaque dans les dix-huit mois. Quelques heures après la découverte de la Taurus, les fiches de Marvin et Lloyd Pick furent modifiées : *Ont fui la justice, potentiellement dangereux.*

« Tiiiiina ! »

Tu avais très peur. Debout devant la fenêtre du premier avec l'obscurité derrière toi. Regardant la voiture bronze aux pneus énormes passer avec une lenteur provocante devant la maison.

Elle a tourné dans la première rue à droite. Fait le tour du pâté de maisons pour repasser devant la maison cette fois avec le conducteur penché à la portière, montrant son visage.

Tu as pensé *C'est eux. Ils viennent finir le boulot.*

Tu te demandais si ta mère entendait. Elle était enfermée dans son ancienne chambre d'enfant sur le derrière de la maison.

Maman n'avait pas dîné. Tu ne l'avais pas vue depuis deux jours. *Sobre* ne convenait pas beaucoup à Tina Maguire. *Sobre* ne protège pas contre ses propres pensées.

« Hé Tiiiiina ! Tiiiiina ! »

Ils avaient refait le tour du pâté de maisons. Tu avais reconnu Marvin Pick. Un seul autre type avec lui, sans doute son frère Lloyd.

Tu te demandais si à leur façon malsaine ils n'aimaient pas Tina Maguire. S'ils n'aimaient pas la façon dont ils l'avaient brisée, dont ils l'avaient faite leur. Dans la salle du tribunal, tu étais entrée en toute confiance, lorsque l'avocat des violeurs avait prononcé ses mots terribles comme des injures, tu avais vu avec quelle intensité les violeurs regardaient ta mère. Les frères Pick avec leurs yeux enfoncés incandescents et leurs bouches entrouvertes.

« Tiiiiina ! »

Un rire de hyène. Leur fuite dans un hurlement de pneus.

Sauf que : tu avais vu. Tu étais le témoin, tu avais vu.

Tu avais donné le numéro du portable de Dromoor à ta mère, comme il te l'avait demandé. Mais avant cela tu l'avais appris par cœur, bien sûr.

Aidez-nous je vous en prie aidez-nous John Dromoor nous avons si peur.

Faucon

Kiiii...r...r !

Le cri du faucon, strident et surpris. Mêlé au vent de sorte qu'on n'était pas sûr de ce que l'on entendait.

Peu après le coup de téléphone de la fille de Tina, Dromoor se rendit en voiture dans le parc d'État de Fort Niagara. Pour jeter un œil sur les lieux.

Il n'était pas de service, ne portait pas son uniforme. Mais il avait son arme.

Un flic est toujours en service. Un flic est toujours un flic.

Laisser son esprit flotter et se poser. Voir ce qui l'entourait. Rive rocheuse, une eau bleu ardoise, mauvaise, s'écrasant en vagues incessantes sur un sable caillouteux. Il regardait des faucons monter au-dessus des pins le long de la falaise, monter à une centaine de mètres dans les airs pour chasser.

Des oiseaux prédateurs. Fascinants.

Dromoor ne connaissait pas d'autre nom à ces oiseaux au plumage sombre et à la queue large que celui de *faucon*.

Une espèce de faucons à qui, d'en dessous, on voyait un éclair blanc sous la queue lorsqu'ils montaient dans le ciel. Et cet étrange cri perçant : *Kiiiiir…r…r !*

Qui lui rappelait Tina. *Tiiiiina.*

C'était remarquable la façon dont, haut dans le ciel, les faucons perdaient soudain toute pesanteur. Ils avaient à peine besoin de bouger les ailes. Le vent les portait comme s'ils nageaient. Le vent était leur élément aussi totalement que si ces bourrasques, à la vitesse et à la direction capricieuses, n'étaient rien d'autre que leur respiration.

Il suivit le vol de l'un des faucons, les yeux plissés. Avec quelle vitesse, une fois qu'il amorçait sa plongée, il piquait vers le sol ! Bon Dieu ! On avait la respiration coupée en le regardant fondre sur sa proie et, d'un seul mouvement fluide, la saisir de son bec et de ses ailes, et la soulever de nouveau dans les airs.

Dromoor possédait une carabine, à présent. Il commençait à être sensible à la beauté des armes à canon long, à leur crosse et à leur fût de bois poli. Mais il n'avait pas envie d'abattre un de ces oiseaux. Il ne souhaitait tuer aucun être vivant sinon pour se défendre ou défendre quelqu'un d'autre.

Aidez-nous je vous en prie aidez-nous John Dromoor nous avons si peur.

Il était content pour DeLucca. Il croyait dans la justice mais pas dans les instruments judiciaires de la justice. *Œil pour œil, dent pour dent.*

Se faire justice soi-même, qu'y a-t-il de mal à cela, bordel ?

Dromoor sourit. En se disant qu'il avait confiance en lui-même, et en personne d'autre.

Laissant son esprit prendre son essor et flotter. À peine besoin de réfléchir, il se fierait à son instinct. Il flottait encore dans l'euphorie du meurtre du violeur DeLucca. Il avait souvent repassé la scène dans son esprit : la pression de son doigt sur la détente, le *crac !* instantané, et la cible qui s'effondre immédiatement, qui tombe à terre.

Casey avait été impressionné. Casey n'avait rien vu venir mais bon Dieu c'était là.

Lorsqu'on presse la détente, si on sait ce qu'on fait, la cible n'existe plus.

Lorsque la cible n'existe plus, elle ne témoigne pas contre vous.

La police des polices avait conclu à la légitime défense dans la mort de DeLucca. Personne n'avait vraiment eu de doutes sur le sujet, au poste de police, mais l'inspection générale aurait tout de même pu conclure à un usage excessif de la force, ce qui aurait valu à l'agent Dromoor une inculpation pour homicide involontaire.

Une accusation plus grave, celle d'homicide volontaire sans préméditation, n'avait jamais été envisageable.

Au poste, le verdict avait été accueilli avec approbation, avec enthousiasme. Les médias, toujours en éveil dans l'affaire Maguire, semblaient d'accord. Lorsqu'on cherchait à interroger Dromoor, il répondait laconiquement : « Pas de commentaire. » Il offrait l'image d'un homme sombre, renfrogné. Mari, père de jeunes enfants. Un homme qui ne se laisserait pas entraîner par les médias à tenir des propos discutables ni même à se faire photographier autrement que l'air sombre et renfrogné.

La légitime défense est la meilleure des attaques estimait Dromoor. Aucune chance qu'il aille dire ça aux médias.

Et maintenant il se formait pour passer enquêteur. Son cerveau semblait fonctionner plutôt bien dans ce domaine-là aussi. Un agent en service dans la rue doit avoir des réflexes rapides et savoir flairer le danger ; un enquêteur ressemble plutôt à un joueur d'échecs. C'est un jeu, et on a le temps de réfléchir à ses coups. On voit ceux de son adversaire sur l'échiquier. Ce qu'on ne voit pas, il faut l'imaginer. Un enquêteur, en fin de compte, c'est un type qui se sert de ses cellules grises en se disant : si j'ai fait ce crime, pourquoi est-ce que je l'ai fait ? Et qui suis-je ? Dromoor aimait bien ça.

C'était prévoir les choses à deux coins de rue de distance. Parfois trois.

Exemple : ne pas appeler Tina Maguire d'un téléphone permettant de remonter jusqu'à Dromoor. Jamais. Si Tina décidait d'appeler l'agent Dromoor, une explication pouvait être trouvée.

Exemple : tirer deux balles dans le cœur de DeLucca. Comme à l'entraînement.

Dans l'armée américaine comme à l'école de police, les instructeurs répétaient : Vous ne devez pas la première balle à l'ennemi.

Il y a des gens chez qui l'instinct de ne pas tuer est fort. De ne pas faire mal. Leur instinct est dangereux pour leur survie et doit être surmonté.

Dromoor n'était pas né avec cet instinct-là, apparemment. S'il l'avait eu, il était mort dans le désert persique. Son âme se ratatinant comme une chenille et mourant sous le soleil brûlant.

Sa femme l'accusait, quelquefois. Ce n'était pas qu'elle ne l'aimât pas follement mais elle avait un peu peur de lui. Elle disait qu'elle ne savait jamais où il avait la tête ni ce qu'il pensait même quand ils faisaient l'amour. Parfois elle savait *C'est une autre femme, hein ?* Dromoor se contentait de rire, ne daignait pas répondre à une question pareille.

Il avait une façon de ne pas répondre qui était devenue plus prononcée depuis quelques années. Sa femme croyait que cela avait un rapport avec son métier de flic, avec le fait de porter une arme. Avec les choses horribles que voit un flic dans la rue.

En fait, Dromoor n'était pas amoureux de Tina Maguire.

Il ne le croyait pas. Ce n'était pas ça. Pas aussi simple.

Juste quelque chose qui le liait à elle et à la fille. La fille de Tina.

Parce qu'il avait été le premier sur les lieux. C'était peut-être ça. Il était désigné.

Il marcha le long de la falaise au-dessus du lac pendant une trentaine de minutes. Il ne rencontra personne, le contraire aurait été étonnant. Il faisait sacrément froid. En revenant à son break, il sourit en voyant les chaussons de bébé de Robbie accrochés au rétro. À son avis, quand les Pick verraient ces chaussons, ça leur ferait une bonne impression.

En regardant les faucons, il avait pris sa décision. Sans même réfléchir, juste en regardant les faucons.

Dromoor était content pour DeLucca. Il lui semblait savoir qu'il le serait encore plus pour les Pick.

La façon dont les choses tournent

Casey était finalement sorti de la vie de Tina Maguire. Il avait arrêté de téléphoner parce qu'on ne le rappelait jamais. Il ne s'humilierait plus à venir jusqu'à la maison de Baltic Avenue, comme il l'avait fait un vendredi soir de novembre, pour s'entendre dire par la mère embarrassée de Tina que Tina n'était pas là.

« Tina est sortie, Ray, avait-elle dit. Je ne sais pas vraiment où elle est. »

Casey avait bu, cela se voyait. Mais il était rasé de près et avait la mine sombre. Il avait toujours eu de la sympathie pour la mère de Tina, et elle en avait eu pour lui, bien que n'approuvant pas que sa fille « fréquente » un homme marié et père de jeunes enfants.

« Avec qui, Agnes ? Vous savez avec qui ? »

La voix de Casey se brisa en disant *avec qui*.

« J'ai bien peur que non, Ray. »

Casey hocha la tête. D'accord. Il devait comprendre que c'était logique, sans doute savait-il que c'était mieux ainsi.

« Dites à Tina que je l'aime, d'accord ? Je ne peux pas dire qu'elle va me manquer parce qu'elle me manque depuis… depuis cette nuit-là. Alors dites-lui au revoir, d'accord ?

– Oui, Ray, je le ferai. »

Tu écoutais sur le palier du premier. Tu savais que tu aurais peut-être dû descendre, dire au revoir à Casey, toi aussi. Mais tu ne bougeas pas. Tu n'avais pas envie de le voir. Tu n'avais pas envie de risquer de pleurer.

Peu après tu entendrais dire que Ray Casey et sa famille étaient « réunis ». Le bruit courait qu'ils allaient vendre leur maison, s'installer à Grand Island, ou peut-être à Tonawanda. Quitter Niagara Falls où ils avaient trop de mauvais souvenirs.

C'est mieux comme ça dit Tina. *Peut-être est-ce la volonté de Dieu. La façon dont les choses tournent.*

Frénésie médiatique

Télévision locale, informations à la radio. Journaux. Tabloïdes.

Depuis les manchettes du matin du 5 juillet 1996 sur le VIOL COLLECTIF DE ROCKY POINT il était rare que plus de quelques jours passent à Niagara Falls et dans les environs sans que L'AFFAIRE DU VIOL DE ROCKY POINT n'occupe une place importante dans les nouvelles locales. VIOL COLLECTIF : LA MÈRE ET LA FILLE, VICTIMES ? était un titre autrement captivant que les unes habituelles sur les sites contaminés d'enfouissement de déchets, ou les poursuites engagées par l'Agence de protection de l'environnement contre les usines chimiques et les raffineries de pétrole de la région. Tout au long des mois de juillet / août / septembre / octobre on ne put échapper aux manchettes de deux centimètres et aux photos les accompagnant, souvent en quadri.

UN AVOCAT RÉPUTÉ DE BUFFALO
DÉFEND DES JEUNES DE NIAGARA FALLS
ACCUSÉS DE VIOL COLLECTIF

LE GRAND JURY DU COMTÉ DU NIAGARA
DÉLIVRE UN ACTE D'ACCUSATION
CONTRE 8 JEUNES DE NIAGARA FALLS
viol collectif du 4 juillet, parc de Rocky Point

SCHPIRO DÉSIGNÉ COMME JUGE
DANS L'AFFAIRE DU VIOL DE ROCKY POINT

LES ACCUSÉS PLAIDENT « NON COUPABLES »
DANS L'AFFAIRE DU VIOL DE ROCKY POINT

Les tabloïdes n'avaient pas cette retenue. Tu en voyais certains par hasard dans les kiosques ou les magasins. Tu souhaitais détourner aussitôt le regard mais parfois tu n'y arrivais pas. TINA en évidence sur la première page de ces publications signalait TINA MAGUIRE, VICTIME PRÉSUMÉE D'UN VIOL COLLECTIF, dont l'histoire était souvent recyclée, avec des variantes, dans les pages intérieures. Les tabloïdes avaient offert des milliers de dollars à ta mère en échange de ses « confidences » mais elle n'avait pas donné suite. Tu avais été sollicitée, toi aussi, et tu avais pris tes jambes à ton cou, au sens littéral du terme. (Des journalistes et des photographes t'avaient attendue à la sortie du collège Baltic, la semaine de la rentrée.) Très vite ensuite les tabloïdes étaient devenus méchants :

TINA DÉFIÉE PAR SES VIOLEURS PRÉSUMÉS :
RAPPORTS SEXUELS MONNAYÉS ?

Le plus sensationnel des tabloïdes locaux publia de longues interviews des mères des « violeurs présumés », dont celles de Mme Pick, Mme DeLucca et Mme Haaber. L'une d'elles, déchirée dans le journal et fourrée dans ton casier au collège, avait pour titre UNE MÈRE ÉPLORÉE JURE DE POURSUIVRE TINA EN DIFFAMATION : « *Cette femme a détruit la vie de mon fils.* »

Vinrent ensuite des rebondissements inattendus. Des manchettes, des photos, encore plus grandes.

DELUCCA, 24 ANS
INCULPÉ DANS L'AFFAIRE DU VIOL COLLECTIF
DE ROCKY POINT
TUÉ PAR BALLES
PAR UN POLICIER DE NIAGARA FALLS

MEURTRE DE DELUCCA
PAR L'AGENT DE POLICE DROMOOR
L'ENQUÊTE CONCLUT À LA LÉGITIME DÉFENSE

Et à la fin octobre :

LES FRÈRES PICK SE VOLATILISENT
DANS LE PARC DE FORT NIAGARA
Disparition de deux inculpés
dans l'affaire du viol de Rocky Point

LES FRÈRES PICK « SE SOUSTRAIENT
À LA JUSTICE »
DÉCLARÉS EN FUITE PAR LA POLICE

LES FRÈRES DE NIAGARA FALLS SUR LA LISTE
DES « CRIMINELS LES PLUS RECHERCHÉS »

Après une conférence de presse organisée à la hâte par Jay Kirkpatrick :

L'AVOCAT DE LA DÉFENSE KIRKPATRICK
ACCUSE :
LES « HARCÈLEMENTS » DE LA POLICE ONT
POUSSÉ SES CLIENTS À FUIR LES ÉTATS-UNIS

et :

LA POLICE PROVINCIALE DE L'ONTARIO
DÉCLARE NE PAS AVOIR REPÉRÉ
LES INCULPÉS DISPARUS DANS L'AFFAIRE
DU VIOL DE ROCKY POINT
Alerte nationale, Gendarmerie royale du Canada

Grand-mère disait toujours : « Cache ces saletés à Tina, Bethie. Elle n'a pas besoin de ça. »

Malgré tout, Tina devait savoir. Depuis la mort de DeLucca et la disparition des frères Pick, ta mère était visiblement moins anxieuse. *Dromoor et elle sont en contact. Forcément.*

Tu éprouvais un pincement de jalousie, tu savais si peu de choses sur Dromoor.

Les Pick étaient ceux dont Tina avait eu le plus peur. Elle avait cru en particulier qu'il était impossible d'échapper à Marvin Pick. C'était lui qui l'avait accostée le premier. Il la connaissait, et elle le connaissait, même si ce n'était que de loin. Hurlant *Tiiiiina !* et se jetant sur elle et les autres, pris de frénésie, à sa suite.

Même si les Pick avaient été condamnés et emprisonnés, ils auraient bénéficié d'une libération conditionnelle, un jour. Ils seraient revenus à Niagara Falls, résolus à se venger. Tina avait cette conviction vissée dans le crâne, indélogeable.

Mais en fin de compte elle s'était trompée, non ? Car Marvin comme Lloyd semblaient avoir disparu. Et Tina n'avait pas l'air de craindre qu'ils soient cachés quelque part et risquent de fondre sur elle.

Pour une raison ou une autre, elle semblait savoir que, vivants (au Canada ?) ou morts (dans les eaux agitées du Niagara ?), ni l'un ni l'autre ne lui feraient plus jamais de mal.

Tu as survécu !

Tu as survécu. Des années tu as vécu cette épreuve et ce n'est qu'à la fin de tes études au lycée Baltic, quand la toile cohésive des *pairs*, des *camarades de classe,* se dissoudrait sans plus de résistance qu'une véritable toile d'araignée, que tu y échapperais.

Vous n'aviez pas d'argent pour payer un établissement privé. Si tu étais allé au Saint-Rédempteur, que fréquentaient des cousins et des cousines à toi, les choses auraient été plus faciles.

Mais tu as survécu. Cet automne-là, en quatrième au collège Baltic. Quand tu approchais de l'école et dans les couloirs bondés, tu sentais les yeux se river sur toi. Ceux des élèves qui étaient apparentés aux violeurs ou qui étaient leurs voisins ou leurs amis. Ceux des élèves qui étaient du côté des violeurs parce qu'ils avaient entendu dire du mal de Martine Maguire et de toi.

Ce que tu faisais s'appelait *cafarder*. *Cafarder* aux flics, aux procureurs. Personne n'aime les *cafards*.

Tu avais peur d'aller aux toilettes. Les filles à l'intérieur, les plus vieilles étaient les plus méchantes. *Tiens ! Voilà la menteuse*. Dans les box des toilettes pour filles les plus proches de ta salle de classe, il y avait des graffiti au rouge à lèvres B. M. SALOPE,

BETH M. PUTAIN, dont tu appris à détourner très vite le regard.

Sur la porte de ton casier, pendant presque toute cette année-là, tu découvrirais des insultes et des dessins à la bombe. Les gardiens du collège avaient du mal à les effacer. Ils les laissaient parfois pendant des jours. B. M. SUCE. B. M. PUTAIN. Les dessins, maladroits, voulaient sans doute représenter des organes sexuels féminins ? Tu tâchais de diminuer leur impact visuel en les grattant de tes ongles jusqu'à en faire des symboles dépourvus de sens ou même bénéfiques, des lunes ou des soleils tordus.

Les filles qui avaient leur casier de part et d'autre du tien faisaient semblant de ne rien voir. Ni les graffiti, ni toi.

Si

Dans ses yeux, tu as vu. Une lueur jaune doré comme dans un jeu vidéo.

S'il n'avait pas été drogué au cristal méth. S'il n'avait pas été ivre. S'il n'avait pas été un connard. Ç'aurait été si facile.

Regardant Fritz Haaber te regarder. Dans la rue. Dans le centre commercial. Le regard fixé sur toi, le visage tendu comme si sa peau avait rétréci, les dents et le menton plus proéminents, des bosses osseuses sur le front. Haaber s'était rasé la moustache pour comparaître devant le tribunal. Il faisait plus jeune, plus maigre. Ses cheveux aussi avaient été proprement coupés. Depuis que Marvin et Lloyd Pick étaient apparemment hors jeu, les Haaber avaient emprunté de l'argent pour se payer les services de Kirkpatrick. Fritz Haaber excepté, les autres accusés avaient finalement décidé de plaider « coupables » et de négocier un arrangement avec le ministère public, mais Haaber, qui avait déjà d'autres agressions sur son casier judiciaire, plaidait « non coupable ».

Il y aurait donc un procès.

Tina avait surtout eu peur de Marvin Pick. Toi, c'était Fritz Haaber qui te terrifiait.

Au centre commercial Niagara avec ta grand-mère, tu sortais de JCPenney et tu es tombée sur Haaber accompagné d'un autre type. Tous les deux portaient une casquette de base-ball à l'envers, une canadienne, un jean sale. Les yeux jaunes de Haaber rivés sur toi, son visage crispé par la colère.

Haaber avait interdiction de s'approcher de toi. Interdiction de te parler. Cela n'empêchait pas le message qu'il t'envoyait d'être clair.

Oh, bon Dieu si seulement il t'avait tuée ! Fracassé le crâne contre le sol du hangar à bateaux quand il en avait eu l'occasion. Démolie à coups de poing, de pied.

Et baisée, aussi. Quand il en avait eu l'occasion.

Si. Si seulement. Ç'aurait été si facile, quand il en avait eu l'occasion.

Si terrifiée, tremblant si fort, que grand-mère dut te ramener à la maison.

Tu n'avais pas voulu lui parler de Haaber. Elle ne l'avait pas vu, ne l'aurait sans doute pas reconnu. Tu ne racontais pas grand-chose à ta grand-mère de ta vie d'adolescente de treize ans, et tu en disais encore moins à ta mère.

Tout ce qui se passait au collège, tu le leur épargnais. Ta crainte que ta mère soit arrêtée, accusée d'outrage à la cour, s'il y avait un procès et qu'elle refuse de témoigner.

Ta crainte que ta mère meure.

Tu épargnais les adultes de ta famille. Tu apprenais

que, lorsqu'on ne parle pas de quelque chose, même les gens qui vous sont le plus proches, les gens qui vous aiment, supposent qu'elle n'existe pas.

Dans ton mariage, tu mettrais cette expérience à profit.

Mais Haaber te terrifiait. Tu semblais savoir qu'il te tuerait. Et tu finis donc par parler de lui à ta grand-mère, en sanglotant comme une hystérique sur le siège avant de sa voiture. Tu en parlas à ta grand-mère en te disant *Elle va le dire à maman, maman appellera Dromoor*.

Pardone moi ?

Le soir du 22 novembre trois jours avant le début du procès il s'arrosa d'essence. Craqua une allumette.

Laissa un mot d'une écriture tremblante qui serait identifiée comme la sienne :

Mon Dieu pardone moi et à ma famille j'ai tellement honte. Comme ça les choses seront en règle F. H.

Il buvait beaucoup. Il était désespéré, il avait la chiasse et des fourmis rouges lui rampaient sur le cerveau de jour comme de nuit. En même temps, il était innocent, putain, il n'avait rien fait à ces meufs et tout le monde le savait y compris elles mais il était convaincu que le jury ne le croirait pas, son avocat disait que s'il témoignait à la barre, ce qu'il devait absolument faire pour présenter sa version des faits, expliquer comment son sperme s'était retrouvé dans le sexe de Maguire, par exemple, et comment son sang à elle s'était retrouvé sur ses vêtements et incrusté dans la semelle de ses joggeurs, cette salope de procureure risquait de l'interroger sur ses « antécédents de violences envers des femmes », alors il était foutu, de toute façon il était foutu, ce dont il s'était mis à parler de façon obsessive, c'était de se faire le pont et de passer au Canada comme ces enculés de Pick qui les avaient laissés tomber lui et les autres, des salopards de traîtres, parce que si on regardait bien c'était l'idée de Marv de s'en prendre à ces filles, si on voulait aller au fond du fond c'était la faute de Marv mais Marv s'était cassé, Marv et Lloyd, et Jimmy DeLucca avait pété les plombs et s'était fait descendre et tout le monde disait qu'il avait dû provoquer le flic exprès, le suicide par flic interposé c'était connu, il avait lu ça dans les tabloïdes et vu ça à la télé. Défoncé au cristal méth, DeLucca devait dérailler à fond, sortir un surin face à un type armé. Merde !

Pourquoi Marv et Lloyd ne l'avaient-ils pas emmené ?! Il croyait s'être toujours bien entendu avec eux.

Maintenant il était trop tard. Les services de douanes et d'immigration de l'Ontario étaient prévenus. Tous les points de passage entre l'État de New York et le Canada étaient surveillés. Il serait arrêté et renvoyé menottes aux poignets à Niagara Falls. C'était foutrement injuste que Marv et Lloyd les aient abandonnés dans la merde comme ça.

S'il les revoyait un jour, il les tuerait. Les salauds !

Il fallait qu'il fasse bonne impression au tribunal, disait Kirkpatrick. Tous les Haaber et tous les parents qu'ils pouvaient avoir devraient assister à chaque audience. Bien habillés et assis de façon à être vus des jurés. Les jurés font attention aux familles. Les jurés ne sont pas très malins mais ils ont certaines attentes. Ils s'attendraient que Fritz témoigne, par exemple, parce qu'il affirmait son innocence. Ils souhaiteraient étudier son visage. Kirkpatrick pensait que, dans une affaire de ce genre, les jurés étaient enclins à sympathiser avec l'accusé si on leur fournissait des motifs raisonnables de sympathie. Mais les pensées de Fritz dérivaient quand Kirkpatrick parlait. Cet enfoiré demandait des « honoraires » si élevés qu'on n'arrivait pas à les imaginer. Trois cent cinquante dollars par heure passée au tribunal ! Et une « avance » incroyable. Les Haaber étaient foutus, grands-parents compris. Un compteur de taxi qui tourne, voilà ce qu'était la bouche d'un avocat. Une fois que cette merde serait finie, s'il n'était pas envoyé à Attica, Fritz se disait qu'il essaierait peut-être de devenir avocat lui aussi, ces mecs-là se faisaient vraiment du fric rien qu'en tchatchant, en vous bourrant le crâne. Il n'y avait rien de réel là-dedans. Lui, Fritz, avait fait une tapée de boulots merdiques, du service municipal des parcs et loisirs pour lequel il travaillait l'été quand il était au lycée jusqu'à aide-serveur au Niagara Grand et chauffeur de camion de bois et de gravier sur de courtes distances et en cachette parce qu'il n'était pas syndiqué et qu'il risquait de se faire friter si des mecs du syndicat s'en apercevaient. Tous les boulots merdiques et humiliants imaginables, mais toujours des vrais boulots, bien réels. Pas juste des mots. Ces conneries juridiques que les avocats et les juges se balançaient au visage l'air constipé pour montrer que c'était du sérieux et pas des conneries comme tout le monde le savait, eux compris.

La fois, une des fois, où il avait été arrêté pour « coups et blessures », quand Donna avait dû aller aux urgences, elle avait témoigné contre lui et obtenu une injonction et cela avait joué en faveur de Fritz qu'elle ait été sa petite amie et pas une cinglée qu'il ne connaissait pas. Le juge avait dit deux ans. Fritz avait failli chier dans son froc avant que ce vieux schnoque ajoute « assortis du sursis avec mise à l'épreuve », Fritz et sa mère en avaient presque chialé de reconnaissance. Mais cette fois c'était différent. Kirkpatrick l'avait averti. Qu'il ne s'attende pas à une peine avec sursis si le jury le déclarait coupable, le juge lui donnerait le maximum. Si le jury le déclarait coupable.

Un jury est aussi intelligent que le plus crétin de ses membres disait Kirkpatrick. *Réussis à faire vibrer une corde sensible chez un seul d'entre eux, et tu rentres chez toi libre, fiston.*

Facile à dire pour cet enfoiré. Kirkpatrick et ses costumes à mille dollars, sa putain de Jaguar. Sa façon snobinarde de parler qui donnait l'impression que tous les autres avaient le nez bouché. Sa façon de regarder Fritz et ses parents qui étaient de bons et honnêtes catholiques comme s'il y avait une mauvaise odeur dans la pièce et qu'il soit trop poli pour le dire.

Maintenant que les Pick s'étaient fait la belle, toutes les autres familles avaient peur que leurs fils essaient de les imiter. Mais Fritz avait promis de ne pas le faire, même dans le pire des cas.

Depuis qu'il avait été arrêté, fourré menottes aux poignets dans le panier à salade et brutalisé au poste, il n'était pas lui-même. Un flic lui avait fait un étranglement. Quelque chose s'était déchiré dans son cou. Ses problèmes d'intestins dataient de ce soir-là. En redescendant du high de la méth, il avait le cerveau frit. Il ne pouvait pas dormir la nuit mais parfois le jour dans la maison de ses parents en écoutant les programmes pour enfants de la télé. C'était réconfortant, comme de redevenir petit, quand on a mal au ventre, aux oreilles, et que votre mère vous laisse rester à la maison au lieu d'aller à l'école. Ce soir-là dans le parc, le 4 Juillet, il y avait eu le tournoi scolaire de base-ball et des pom-pom girls adolescentes en costume de satin qui ondulaient des fesses et des seins. Fritz ne dormait pas mais il voyait ces filles et grognait tout haut comme si l'une d'elles lui empoignait la bite. Fritz avait un penchant pour les filles jeunes, ses copains le gazaient là-dessus. Une femme de plus de vingt ans le douchait, elles en savaient trop et faisaient même des plaisanteries sur la taille de votre bite. Une fille jeune, vraiment jeune, comme la fille de Maguire, c'était différent. Pas de plaisanteries, elles avaient peur et elles avaient du respect.

Fritz devait admettre qu'il valait sans doute mieux que Bethel Maguire lui ait échappé en se tortillant comme une anguille enragée. Il aurait baisé la petite garce à mort. Ce genre de high, rien ne vous arrête. C'est comme une décharge d'électricité. Et aujourd'hui c'est de meurtre qu'on l'accuserait, et il serait vraiment foutu.

Sauf que, s'il avait tué la fille, ou que quelqu'un d'autre l'ait tuée, et la mère avec, peut-être que personne n'aurait été arrêté. Pas de témoin ! Fritz Haaber n'aurait pas été reconnu par Bethel Maguire pendant le tapissage, il ne serait pas dans la merde, il ne briserait pas le cœur de sa mère. *Ta putain de faute, hein ! Tu n'as pas agi quand tu en avais l'occasion.*

Maintenant c'était trop tard. Le procès allait commencer. Impossible d'approcher la fille. Il serait épié, surveillé. Il l'avait vue quelquefois dans le quartier, bien sûr, il s'était garé en face du collège pour la regarder sortir, il l'avait suivie un peu et elle ne l'avait pas remarqué et, au centre commercial l'autre jour, il était tombé sur elle par hasard et il l'avait suivie un petit moment et c'était fascinant de la regarder, une fille de treize ans, pas jolie mais avec un visage doux, des cheveux blond cendré comme sa mère, en train de marcher avec sa grand-mère sans se douter qu'elle était observée comme au télescope, Fritz avait presque fini par croire qu'elle ne pouvait pas le voir, qu'il était invisible ! Super-agréable mais zut tout à coup elle avait levé les yeux et elle l'avait vu, et ça lui avait plu qu'elle ait aussi peur, le visage tout blanc comme si elle allait s'évanouir. Puissant ! Mais Fritz savait qu'il avait intérêt à se casser vite fait. Avant que la vieille le repère à son tour et se mette à hurler.

Il s'était dit que des flics allaient peut-être venir cogner à la porte de ses parents, ce soir-là. Une loi à la con sur le harcèlement des témoins. Mais non.

Bethel Maguire n'avait rien dit. Au fond de son cœur, Bethel Maguire éprouvait quelque chose pour Fritz Haaber, hein ?

Fritz se faisait du souci à propos de ces conneries « médico-légales ». Il savait que c'était vrai, que c'étaient des « sciences dures ». Il avait vu ça à la télé. Un genre de radio du sperme, du sang, des cheveux, des fibres vestimentaires. Une sorte de puzzle, disait Kirkpatrick, des pièces éparpillées que les jurés étaient censés assembler pour voir s'ils devaient rendre un verdict de « culpabilité » ou de « non-culpabilité ». Ce n'était pas si facile. On pouvait distraire et embrouiller les jurés, disait Kirkpatrick. Parce qu'il existe dans le cœur de l'être humain le désir d'être distrait et embrouillé. La vérité n'est qu'une attirance parmi d'autres, et pas toujours la plus puissante. Raison pour laquelle Kirkpatrick tenait à ce que ses clients témoignent et apprennent par cœur le texte qu'il leur préparait. Kirkpatrick avait fait répéter son témoignage à Fritz si souvent qu'il avait l'impression que son cerveau craquait. Il devenait complètement cinglé. Pas de méth, même pas de shit, mais il avait droit à quelques bières. Il avait besoin de se détendre, bordel. Il disait à Kirkpatrick que ça faisait des siècles qu'il n'avait pas dormi toute une nuit ni eu des intestins normaux. Et il se sentait seul ! Ses amis l'évitaient, maintenant. Même ses parents. Et les filles. On aurait dit qu'elles avaient peur de lui, même celles qui le connaissaient depuis l'école primaire. Même ses cousines, bordel ! C'était insultant.

Du coup, lorsque Fritz reçut ce coup de téléphone, il était préparé.

Une femme, qui demandait à parler à Fritz Haaber de toute urgence. Fritz prit le téléphone et s'éloigna pour que sa mère ne puisse pas entendre.

Le 22 novembre dans l'après-midi. Trois jours avant le procès. Bon Dieu qu'il était énervé ! Cette voix de femme grave et sexy lui disant à l'oreille qu'elle l'avait vu à la télé, dans les journaux. Dans le *Falls Clarion* en lisant l'interview de la mère de Fritz, qui avait l'air d'être une mère merveilleuse qui le soutenait, elle avait presque pleuré. « Cette femme a détruit la vie de mon fils. »

Elle savait certaines choses sur Tina Maguire, elle et sa mère en savaient long. Elle le dirait à Fritz si ça l'intéressait. Le genre de détails qu'il faudrait faire connaître pendant le procès pour que le jury sache qui était cette Tina. Mais ce qu'elle voulait surtout, c'était rencontrer Fritz. Elle s'appelait Louellen Drott. Elle avait quitté le Saint-Rédempteur pour le lycée Baltic et avait terminé ses études en 1993. Fritz déduisit de ces indications qu'elle avait trois ans de moins que lui, lui avait été de la promotion 90 même s'il n'avait pas obtenu son diplôme. Pendant que la fille parlait, il tâchait de se souvenir d'elle. Le nom de Drott lui était familier. Il y avait un lavage automatique Drott. Il y avait eu un nouveau joueur du nom de Drott dans l'équipe des Bisons de Buffalo quelques années auparavant. Louellen disait qu'il était indispensable qu'elle le voie ce soir-là. Elle avait des secrets à lui confier et un rosaire à lui donner. Elle savait à ses photos qu'il disait la vérité sur ce qui s'était passé dans le hangar à bateaux. Il avait un regard chaud et sincère qui ne pouvait pas mentir.

La voix de Louellen était vraiment sexy à son oreille. Fritz avait la gorge sèche. Il savait qu'il lui arrivait quelque chose d'exceptionnel. Comme s'il était un homme condamné à tort et que Louellen soit destinée à le sauver. Il la voyait presque et ce qu'il voyait lui plaisait. Elle aurait de longs cheveux bouclés, peut-être blond-roux, qui lui tomberaient sur un œil. Elle serait menue. Fritz mesurait un mètre soixante-quinze, il détestait les grandes filles balourdes et ramenardes comme des gouines. Louellen Drott n'était pas comme ça.

En baissant la voix, elle dit qu'elle travaillait près de l'aéroport, au Black Rooster Motel. Elle ne dit pas précisément qu'elle y était femme de chambre mais Fritz le devina parce qu'elle dit qu'elle avait accès à toutes les chambres et qu'il pourrait la retrouver dans l'une d'elles. Ils seraient « très tranquilles », « personne ne les dérangerait », promit-elle. La chambre la plus éloignée de la réception portait le numéro 24, et elle l'y attendrait à 19 heures, elle aurait accroché le carton NE PAS DÉRANGER à la poignée de la porte mais il n'aurait qu'à entrer, elle l'attendrait.

Fritz dit d'accord. La voix faible il demanda s'il devait apporter un ou deux packs de bière. Ou peut-être du vin ?

Louellen rit et répondit que ce n'était pas la peine, sa présence suffirait. Elle fournirait tout ce qu'il faudrait, elle le promettait !

Fritz était au bord de l'évanouissement. Il s'entendait presque dire à Marv Pick *Bon Dieu, mec, la partie de baise que je me suis payée, hier !*

Fritz se rasa et changea certains de ses vêtements. Dit à sa mère de ne pas l'attendre pour dîner. Prit la route de l'aéroport. Fast-foods, stations d'essence, emplacements industriels À LOUER et une enfilade de motels miteux et violemment éclairés dont le dernier, en parpaings, de plain-pied, était le BLACK ROOSTER. Une enseigne au néon clignotante annonçait des CHA BRES LIBRES. Fritz était si excité qu'il mâchonnait le bout de sa cigarette. Il fallait reconnaître que personne ne s'était montré sympa avec lui depuis cette histoire en juillet. Personne n'en avait rien à foutre de Fritz, en fait. Même avant cette histoire en juillet. Donna l'avait plaqué. Aucune de ses amies ne voulait sortir avec lui. Sa mère donnait ses interviews pleurnichardes et priait pour lui mais il l'avait vue le regarder bizarrement parfois, un regard étonné et écœuré. Le vieux de Fritz ne supportait pas de rester près de lui plus de cinq minutes. Ses frères et sœurs ne pouvaient pas le sentir. Ils étaient jaloux de toute l'attention qu'il attirait. De tout l'argent mis en commun pour sa « défense ». Mais Louellen Drott, elle, avait vu au fond du cœur de Fritz. Elle avait un rosaire pour lui. Avant de baiser, ils réciteraient le rosaire ensemble. Ou après avoir baisé. Ou les deux. Louellen était secrètement amoureuse de Fritz Haaber depuis le lycée, à son avis. Si Fritz était envoyé en prison, Louellen viendrait lui rendre visite. Elle lui serait fidèle. La seule putain de personne que Fritz consentirait à voir, et elle aussi aurait sa photo et son interview dans le *Clarion*.

Lorsque Fritz serait mis en liberté conditionnelle, ils se marieraient. Le journal de 18 heures de Fox TV ferait l'interview.

C'était la basse saison à Niagara Falls. Pas beaucoup de touristes à cette période pourrie de l'année. Il n'y avait que quelques chambres d'occupées au Black Rooster. Celles qui étaient le plus près de la route et le plus loin des pistes de l'aéroport. Fritz roula lentement jusqu'au bout du complexe, où une lampe extérieure éclairait la chambre numéro 24. À l'intérieur la lumière était chaude, les stores tirés. *Elle m'attend. Oh mon Dieu*. Fritz ne vit que trois véhicules garés devant le motel. Deux près de la réception et le troisième, un break Ford, devant le numéro 19.

Dans le ciel, un avion amorçait sa descente. Un bruit strident, assourdissant, qui fit vibrer les dents de Fritz. Une décharge nerveuse comme les premiers accords d'un morceau de heavy metal. Le souffle court descendant de la voiture fourrant ses clés dans sa poche s'approchant de la porte où, pas de problème, le carton NE PAS DÉRANGER pendait à la porte. « Louellen ? » Il tourna le bouton. Comme elle l'avait promis, la porte n'était pas fermée à clé. Son cœur battait si fort qu'il lui faisait mal. D'une voix rauque pleine d'espoir, il dit : « Bonsoir ? Il y a quelqu'un ? C'est Fritzie. »

Il adorerait que Louellen Drott l'appelle Fritzie. Personne ne l'avait appelé comme ça depuis très longtemps.

« Vie de fils détruite »

Le cadavre carbonisé serait découvert le 23 novembre 1996 en fin de matinée, au bout d'une étroite route de service située à quatre cents mètres de l'aéroport de Niagara Falls, dans un no man's land de broussailles et d'arbres rabougris. Il ne serait pas nécessaire d'être un médecin légiste expérimenté pour établir que le corps avait été arrosé d'essence et brûlé. Un bidon vide se trouvait à proximité du cadavre. Une voiture était garée sur la route, la clé sur le contact. Sans cette voiture, l'identification aurait demandé du temps. Les agents de police communiquèrent l'immatriculation et apprirent que le véhicule appartenait à Fritz Haaber, demeurant 3392, 11e Rue, à Niagara Falls, État de New York.

Placé avec soin sur le bord du tableau de bord, au-dessus du volant, se trouvait une note manuscrite entourée d'un rosaire en cristal :

Mon Dieu pardone moi et à ma famille j'ai tellement honte. Comme ça les choses seront en règle
F. H.

Bien que tremblante, l'écriture fut identifiée comme étant indubitablement celle du gaucher Fritz Haaber. Le rosaire, le papier, le volant, les poignées des portières, l'intérieur de la voiture : on releva les empreintes de Fritz Haaber partout. Par terre près du corps carbonisé se trouvait une pochette d'allumettes de l'épicerie fine-pizzeria Arno, que Fritz Haaber fréquentait, et cette pochette portait elle aussi ses empreintes. Elle avait été lâchée quelques centimètres à la droite du corps, à l'endroit approximatif où un gaucher comme Fritz l'aurait laissée tomber après avoir frotté une allumette de la main gauche.

Une fois encore, Gladys Haaber, la mère du jeune défunt, serait interviewée pour l'article principal de *Clarion*. La photo de la mère éplorée apparaîtrait à côté d'une photo agrandie de son fils prise quelques années plus tôt, en des temps plus heureux où le jeune Fritz était rasé de près, sans moustache ni cheveux dans les yeux, et sans grimace ricanante. Ni Gladys Haaber ni aucun des Haaber ne doutèrent jamais que Fritz eût mis un terme à sa jeune vie par désespoir, harcelé par le ministère public du comté du Niagara et par cette traînée de Tina Maguire pour un crime qu'il n'avait pas commis.

« Mon fils était sensible. Il prenait les choses à cœur. Il a été poussé à cet acte. Il ne dormait plus, il ne mangeait plus et ses intestins étaient toujours dérangés. Toute la nuit nous entendions la chasse d'eau. J'espère qu'ils sont contents, maintenant ! Ces sangsues qui se cachent derrière la loi. Je prie

Dieu, s'il y a une justice sur cette terre, qu'elle s'exerce au bon endroit, contre les bonnes personnes, et *bientôt* ! »

Paradis

11 avril 1997 *Chère maman et chère Bethie,* *C'est le paradis ici! De l'autre côté de la carte vous voyez le cactus de «Josué» et ses fleurs sont exactement comme ça. DeWitt et moi sommes si heureux «on the road». Le camping-car XL est vraiment chouette! Les 4 roues motrices sont indispensables dans certains coins. On rencontre de drôles de personnages dans ces campings mais DeWitt sait se débrouiller. Mauvais temps dans le parc Esdras, crue subite. Prochain arrêt, le Grand Canyon. On a rencontré des gens de Buffalo et bien ri avec eux du temps pourri que vous avez là-haut. DeWitt est un homme bien, merveilleusement généreux. J'aime cette nouvelle vie, grâce à Dieu. Je pense à vous. Dieu bénisse et protège ma mère et ma fille bien-aimées.* *Tina* *(DeWitt envoie son bonjour!)*	*Mrs Agnes Kevecki* *et Bethel Maguire* *2861 Baltic Ave.* *Niagara Falls* *N.Y.* *14302*

Troisième partie

Seule

De temps en temps, tu le vois : Dromoor.

Toujours de façon inattendue. Toujours cela te fait un choc.

Un jeune agent de police en uniforme. Qui descend d'une voiture de police. Qui marche dans la rue. Un jour, dans Central Park, à cheval en compagnie d'un autre agent. Mince, le dos droit, les cheveux coupés très court sur la nuque et sur les côtés, des lunettes noires dissimulant ses yeux.

Tu t'arrêtes, tu te figes, muette.

Des années plus tard. Dans un autre monde. Le monde urbain de New York où ton mari et toi vivez, sans aucun lien avec le monde perdu de ton enfance à Niagara Falls. De même que ton mari n'a aucune parenté avec les garçons et les hommes que tu as connus dans ce monde et dont tu ne lui as quasiment rien dit.

Quand lui en parleras-tu ? Peut-être jamais. Car pourquoi le faire ? Il ne comprendrait pas. Il y avait de la laideur dans ce monde mais il y avait aussi de la beauté. Il y avait de la haine, mais de l'amour. Un seul homme pourrait comprendre et ton mari n'est pas cet homme.

Tu sais que Dromoor n'est plus un agent de police en uniforme. Il n'est plus de service dans la rue. Le détective première classe Dromoor porte les mêmes vêtements que n'importe quel civil, un manteau, sans doute une chemise blanche, une cravate. Peu de chances qu'il soit à New York, d'ailleurs. La dernière fois que tu as entendu parler de lui, il était toujours dans la police de Niagara Falls, promu et muté dans le Premier Secteur.

Cette dernière fois remonte à plusieurs années. Avant même que ta mère épouse son ami DeWitt. Un ancien de la marine qu'elle avait rencontré à l'église du Christian Fellowship Tabernacle où une amie des Alcooliques anonymes l'avait emmenée.

Il y a très longtemps. Après Fritz Haaber. Après que les violeurs survivants avaient plaidé coupables d'infractions allégées, accepté des peines de prison et renoncé à un procès.

Pas de procès. Tina en avait fondu en larmes de soulagement.

Tu dois admettre qu'aujourd'hui Dromoor serait un homme entre deux âges. Difficile de l'imaginer autrement qu'il avait été mais en réalité il serait possible que tu ne le reconnaisses pas.

« Beth ? Quelque chose ne va pas ? »

Ton mari t'effleure le bras. Il est tantôt contrarié, tantôt préoccupé par ces absences soudaines qui te prennent dans la rue. Il ne semble jamais voir celui ou ce qui t'a impressionnée au point de te clouer sur place. Alors, sortant de cet état second, tu sens une bouffée de chaleur te monter au visage comme si on t'avait giflée. Tu bégaies : « Pourquoi… pourquoi cette question ?

– Tu avais l'air si seule, tout à coup. Comme si tu avais oublié que j'étais là. »

Table

PREMIÈRE PARTIE

DU MÊME AUTEUR

Corps
Stock, 1973

Le Pays des merveilles
Stock, 1975
et « Le Livre de poche », n°3070

Désirs exaucés / Démons / L'Agresseur
Aubier – Flammarion, 1976

Haute enfance
Stock, 1979
et « Le Livre de poche », n°3266

Mariages et infidélités
Stock, 1980

Eux
Stock, 1980, 1986, 2007

Amours profanes
Stock, 1982
et « Le Livre de poche », n°3249

Une éducation sentimentale
Stock, 1983

La Légende de Bloodsmoor
Stock, 1985

L'Homme que les femmes adoraient
Stock, 1986

Le Mystère Winterthurn
Stock, 1987

De la boxe
Stock, 1988

Marya
Stock, 1988

Aile de corbeau
Stock, 1989

Souvenez-vous de ces années-là
Stock, 1990

Solstice
Stock, 1991, 1997
et « Le Livre de poche », n°3350

Cette saveur amère de l'amour
Stock, 1992

Un amour noir
Félin, 1993
et « Folio », n°3212

Reflets en eau trouble
Ecriture, 1993
et Actes Sud, « Babel », n°472

Le Rendez-vous
Stock, 1993

Au commencement était la vie
Félin, 1994
et « Folio », n°3211

Le Goût de l'Amérique
Stock, 1994

Confessions d'un gang de filles
Stock, 1995, 1999
et « Le Livre de poche », n°3293

Corky
Stock, 1996

En cas de meurtre
Actes Sud Papiers, 1996

Zombi
Stock, 1997
et « Le Livre de poche », n°3313

Nous étions les Mulvaney
Stock, 1998, 2000

Premier amour
Actes Sud, 1998

Man crazy
Stock, 1999
et « Le Livre de poche », n°3395

Blonde
Stock, 2000
et « Le Livre de poche », n°15285

Mon cœur mis à nu
Stock, 2001
et « Le Livre de poche », n°15536

Je me tiens devant toi nue
Ed. du Laquet, 2001

Johnny blues
Stock, 2002
et « Le Livre de poche », n°30102

Nulle et Grande Gueule
Gallimard Jeunesse, 2002
et « Folio », n°4059

Délicieuses pourritures
Philippe Rey, 2003
et « J'ai Lu », n°7746

Infidèle
histoires de transgressions
Stock, 2003
et « Le Livre de poche », n°30424

Le Ravin
L'Archipel, 2003
et « J'ai Lu », n°7853

Hudson river
Stock, 2004
et « Le Livre de poche », n°30573

Je vous emmène
Stock, 2004
et « Le Livre de poche », n°30676

La foi d'un écrivain
Philippe Rey, 2004

Zarbie les yeux verts
Gallimard Jeunesse, 2005

Hantises
histoires grotesques
Stock, 2005
et « Le Livre de poche », n° 30742

Les Chutes
Philippe Rey, 2005
et « Points », n° P1519

La fille tatouée
Stock, 2006

Sexy
Gallimard Jeunesse, 2007

COMPOSITION : PAO EDITIONS DU SEUIL

Achevé d'imprimer en septembre 2007
par **BUSSIÈRE**
à Saint-Amand-Montrond (Cher)
N° d'édition : 90767. - N° d'impression : 71479.
Dépôt légal : octobre 2007.
Imprimé en France